全民阅读·经典小丛书

徐志摩 ◎著
冯慧娟 ◎编

徐志摩的诗

吉林出版集团股份有限公司

版权所有　侵权必究

图书在版编目（CIP）数据

　　徐志摩的诗 / 徐志摩著；冯慧娟编. —长春：吉林出版集团股份有限公司，2015.6
　　（全民阅读.经典小丛书）
　　ISBN 978-7-5534-7796-1

　　Ⅰ.①徐… Ⅱ.①徐…②冯… Ⅲ.①诗集 - 中国 - 现代 Ⅳ.①I226

　　中国版本图书馆 CIP 数据核字 (2015) 第 128458 号

XU ZHIMO DE SHI

徐志摩的诗

作　　者：	徐志摩 著　冯慧娟 编
出版策划：	孙　昶
选题策划：	冯子龙
责任编辑：	刘虹伯
排　　版：	新华智品
出　　版：	吉林出版集团股份有限公司
	（长春市福祉大路 5788 号，邮政编码：130118）
发　　行：	吉林出版集团译文图书经营有限公司
	（http://shop34896900.taobao.com）
电　　话：	总编办 0431-81629909　　营销部 0431-81629880 / 81629881
印　　刷：	北京一鑫印务有限责任公司
开　　本：	640mm × 940mm 1/16
印　　张：	10
字　　数：	130 千字
版　　次：	2015 年 10 月第 1 版
印　　次：	2019 年 6 月第 4 次印刷
书　　号：	ISBN 978-7-5534-7796-1
定　　价：	32.00 元

印装错误请与承印厂联系　电话：18611383393

前言 FOREWORD

"轻轻的我走了,正如我轻轻的来;我轻轻的招手,作别西天的云彩……"

一首优美、空灵的《再别康桥》让我们认识了他——徐志摩(1897—1931年),中国诗坛的巨匠,新月诗派的领袖。对这位英年早逝的诗人,有人称赞他是"中国现代诗坛上最耀眼的明星",也有人讥讽他是"吟风弄月的多情浪子"……不管怎样,他最终以"诗的光彩"穿透了"史的尘埃"。

徐志摩的诗集共有4部:《志摩的诗》《翡冷翠的一夜》《猛虎集》《云游》。他的诗,是为理想之爱而狂热跳动的心灵,是为爱的理想而执着追求的灵魂。他的诗,让每一个热恋或不曾热恋的人,为之迷醉,为之感动。抛开尘世的纷扰,让我们静静地聆听夜莺的绝唱,让沉睡的心为爱觉醒。

目录 CONTENTS

志摩的诗 …………………………… ○○九
小引 …………………………………… ○一○
我有一个恋爱 ………………………… ○一○
为谁 …………………………………… ○一二
灰色的人生 …………………………… ○一三
她是睡着了 …………………………… ○一六
不再是我的乖乖 ……………………… ○一八
难得 …………………………………… ○二○
这是一个懦怯的世界 ………………… ○二○
天国的消息 …………………………… ○二二
乡村里的音籁 ………………………… ○二三
消息 …………………………………… ○二四
古怪的世界 …………………………… ○二六
在那山道旁 …………………………… ○二七
五老峰 ………………………………… ○二八
破庙 …………………………………… ○三一
雪花的快乐 …………………………… ○三二
沙扬娜拉——赠日本女郎 …………… ○三四
朝雾里的小草花 ……………………… ○三五
残诗 …………………………………… ○三五

目录

CONTENTS

恋爱到底是什么一回事 …………………… 〇三六
落叶小唱 ………………………………… 〇三七
为要寻一颗明星 …………………………… 〇三八
谁知道 …………………………………… 〇三九
问谁 ……………………………………… 〇四二
夜半松风 ………………………………… 〇四四
青年曲 …………………………………… 〇四五
月下雷峰影片 ……………………………… 〇四六
留别日本 ………………………………… 〇四七
盖上几张油纸 ……………………………… 〇四九
石虎胡同七号 ……………………………… 〇五一
哀曼殊斐尔 ………………………………… 〇五三
去吧 ……………………………………… 〇五五
自然与人生 ……………………………… 〇五六
一星弱火 ………………………………… 〇五八
月下待杜鹃不来 …………………………… 〇五九
一个祈祷 ………………………………… 〇六〇
冢中的岁月 ……………………………… 〇六一
默境 ……………………………………… 〇六二
翡冷翠的一夜 ………………………… 〇六五

目录 CONTENTS

小引 …………………………………… 〇六六
偶然 …………………………………… 〇六七
翡冷翠的一夜 ………………………… 〇六七
半夜深巷琵琶 ………………………… 〇七一
苏苏 …………………………………… 〇七二
再不见雷峰 …………………………… 〇七三
"起造一座墙" ………………………… 〇七四
在哀克刹脱教堂前 …………………… 〇七五
变与不变 ……………………………… 〇七六
海韵 …………………………………… 〇七七
珊瑚 …………………………………… 〇七九
"这年头活着不易" …………………… 八〇
决断 …………………………………… 〇八一
我来扬子江边买一把莲蓬 …………… 〇八二

猛虎集 …………………………… 〇八五
小引 …………………………………… 〇八六
再别康桥 ……………………………… 〇八六
我不知道风是在哪一个方向吹 ……… 〇八九
他眼里有你 …………………………… 〇九〇
残春 …………………………………… 〇九一

目录

CONTENTS

两个月亮 …………………… 〇九二
春的投生 …………………… 〇九三
怨得 ………………………… 〇九四
残破 ………………………… 〇九五
阔的海 ……………………… 〇九六
活该 ………………………… 〇九七
山中 ………………………… 〇九八
黄鹂 ………………………… 〇九九
拜献 ………………………… 〇九九
在不知名的道旁 …………… 一〇〇
哈代 ………………………… 一〇一
车眺 ………………………… 一〇三
俘虏颂 ……………………… 一〇五
我等候你 …………………… 一〇六
生活 ………………………… 一一〇
秋月 ………………………… 一一〇
深夜 ………………………… 一一二
枉然 ………………………… 一一二
秋虫 ………………………… 一一三
给—— ……………………… 一一四

目录
CONTENTS

渺小 ……………………………… 一一四
西窗 ……………………………… 一一五
杜鹃 ……………………………… 一一八
卑微 ……………………………… 一一九
季候 ……………………………… 一二〇
干着急 …………………………… 一二一
车上 ……………………………… 一二一
一块晦色的路碑 ………………… 一二三
希望的埋葬 ……………………… 一二四
云游集 ………………………… 一二七
小引 ……………………………… 一二八
康桥再会吧 ……………………… 一二八
难忘 ……………………………… 一三三
最后的那一天 …………………… 一三四
别拧我,疼 ……………………… 一三五
领罪 ……………………………… 一三六
火车擒住轨 ……………………… 一三七
爱的灵感(奉适之) …………… 一三八
云游 ……………………………… 一五五
你去 ……………………………… 一五五

【志摩的诗】

那河畔的金柳
是夕阳中的新娘
波光里的艳影
在我的心头荡漾
软泥上的青荇
油油的在水底招摇
在康河的柔波里
我甘心做一条水草
那榆荫下的一潭
不是清泉 是天上虹
揉碎在浮藻间
沉淀着彩虹似的梦
寻梦？撑一支长篙
向青草更青处漫溯
满载一船星辉
在星辉斑斓里放歌
但我不能放歌
悄悄是别离的笙箫
夏虫也为我沉默
沉默是今晚的康桥
悄悄的我走了
正如我悄悄的来

小引

《志摩的诗》是徐志摩于1925年8月自费排印聚珍仿宋版线装本,用宣纸印,竖排,右翻页,196页,为初版本。它是由新月书店出版,由上海中华书局代印的。此书为磁青纸封面,竖19.5厘米,横13厘米,白色的笺条,手写黑字书名。它无扉页与版权页,只在衬页背后印有四个字:"献给爸爸",这是当时一批作家所惯用的一种表达情感的方式。

《志摩的诗》是徐志摩从剑桥留学归国后两年内完成的,初步形成了徐诗的风格。这本诗集的基本思想是爱国、反封建、讲"人道";在艺术上最具特色的是关于理想与爱情的诗篇。

我有一个恋爱

我有一个恋爱——
我爱天上的明星;
我爱它们的晶莹:

人间没有这异样的神明。

在冷峭的暮冬的黄昏,

在寂寞的灰色的清晨,

在海上,在风雨后的山顶——

永远有一颗,万颗的明星!

山涧边小草花的知心,

高楼上小孩童的欢欣,

旅行人的灯亮与南针——

万万里外闪烁的精灵!

我有一个破碎的灵魂,

像一堆破碎的水晶,

散布在荒野的枯草里——

饱啜你一瞬瞬的殷勤。

人生的冰激与柔情,

我也曾尝味,我也曾容忍;

有时阶砌下蟋蟀的秋吟,

引起我心伤,逼我泪零。

我袒露我的坦白的胸襟,

献爱与一天的明星:

任凭人生是幻是真,

地球存在或是消泯——

太空中永远有不昧的明星!

★ 主人公的恋爱对象是"天上的明星"。"明星"这一艺术形象具有自然和情感双重属性。这里的"明星"是诗人眼中人格化的"明星",带有强烈的主观色彩。

为谁

这几天秋风来得格外尖厉:
我怕看我们的庭院,
树叶伤鸟似的猛旋,
中着了无形的利箭——
没了,全没了:生命,颜色,美丽!
就剩下南墙上的几道爬山虎:
它那豹斑似的秋色,
忍熬着风拳的打击,
低低的喘一声乌邑——
"我为你耐着!"它仿佛对我声诉。
它为我耐着,那艳色的秋萝,
但秋风不容情的追,
追,(摧残是它的恩惠!)
追尽了生命的余晖——

浙江海宁徐志摩故居一楼的正厅"安雅堂"

这回墙上不见了勇敢的秋萝！
今夜那青光的三星在天上
倾听着秋后的空院，
悄悄的，更不闻呜咽：
落叶在泥土里安眠——
只我在这深夜，啊，为谁凄惘？

灰色的人生

我想——
我想开放我的宽阔的粗暴的嗓音，
唱一支野蛮的大胆的骇人的新歌；

我想拉破我的袍服,

我的整齐的袍服,

露出我的胸膛,肚腹,肋骨与筋络;

我想放散我一头的长发,

像一个游方僧似的

散披着一头的乱发;

我也想跣我的脚,跣我的脚,

在巉牙似的道上,

快活地,无畏地走着。

我要调谐我的嗓音,傲慢的,粗暴的,

唱一阕荒唐的,摧残的,弥漫的歌调;

徐志摩与陆小曼的新房 徐志摩与第二任妻子陆小曼的新房位于浙江海宁故居内。就当时来说,这间新房布置得很浪漫,与徐母和第一任妻子张幼仪卧室中摆放的老式家具的中式风格形成了明显的差异。

我伸出我的巨大的手掌,向着天与地,

海与山,无餍地求讨,寻捞;

我一把揪住了西北风,

问它要落叶的颜色,

我一把揪住了东南风,

问它要嫩芽的光泽;

我蹲身在大海的边旁,

倾听它的伟大的酣睡的声浪;

我捉住了落日的彩霞,

远山的露霭,秋月的明辉,

散放在我的发上,胸前,袖里,脚底……

我只是狂喜地大踏步向前——

向前——口里唱着暴烈的,粗伧的,

不成章的歌调;

来,我邀你们到海边去,

听风涛震撼太空的声调;

来,我邀你们到山中去,

听一柄利斧斫伐老树的清音;

来,我邀你们到密室里去,

听残废的,寂寞的灵魂的呻吟;

来,我邀你们到云霄外去,

听古怪的大鸟孤独的悲鸣;

来,我邀你们到民间去,

听衰老的,病痛的,贫苦的,残毁的,受压迫的,烦闷的,奴服的,懦怯的,丑陋的,罪恶的,自杀的,——和着深秋的风声与雨声——合唱"灰色的人生"!

★ 此诗显示了他对阻碍个性解放与个人幸福的封建势力的蔑视与抗争，格调沉重凝滞，激愤粗犷，有"野蛮""大胆""骇人"之气。

她是睡着了

她是睡着了——
星光下一朵斜欹的白莲；
她入梦境了——
香炉里袅起一缕碧螺烟。
她是眠熟了——
涧泉幽抑了喧响的琴弦；
她在梦乡了——
粉蝶儿，翠蝶儿，翻飞的欢恋。
停匀的呼吸：
清芬渗透了她的周遭的清氛；
有福的清氛，
怀抱着，抚摩着，她纤纤的身形！
奢侈的光阴！
静，沙沙的尽是闪亮的黄金，
平铺着无垠，——
波鳞间轻漾着光艳的小艇。

醉心的光景：

给我披一件彩衣，啜一坛芳醴，

折一支藤花，

舞，在葡萄丛中，颠倒，昏迷。

看呀，美丽！

三春的颜色移上了她的香肌，

是玫瑰，是月季，

是朝阳里水仙，鲜妍，芳菲！

梦底的幽秘，

挑逗着她的心——纯洁的灵魂，

像一只蜂儿，

在花心，恣意的唐突——温存。

童真的梦境！

静默；休教惊断了梦神的殷勤；

抽一丝金络，

抽一丝银络，抽一丝晚霞的紫曛；

玉腕与金梭，

织缣似的精审，更番的穿度——

化生了彩霞，

神阙，安琪儿的歌，安琪儿的舞。

可爱的梨涡，

解释了处女的梦境的欢喜，

像一颗露珠，

颤动的，在荷盘中闪耀着晨曦！

★此诗写一个正处于睡梦中的少女，凭借那优美的睡态和嘴角的笑窝，再现了精美的女性肖像和纯洁、天真、富于幻想的烂漫少女的心境。

不再是我的乖乖

一

前天我是一个小孩，

这海滩最是我的爱；

早起的太阳赛如火炉，

趁暖和我来做我的工夫：

捡满一衣兜的贝壳，

在这海沙上起造宫阙：

哦，这浪头来得凶恶，
冲了我得意的建筑——
我喊了一声，海！
你是我小孩儿的乖乖！

二

昨天我是一个"情种"，
到这海滩上来发疯；
西天的晚霞慢慢的死，
血红变成姜黄，又变紫，
一颗星在半空里窥伺，
我匐伏在沙堆里画字，
一个字，一个字，又一个字，
谁说不是我心爱的游戏？
我喊一声海，海！
不许你有一点儿更改！

三

今天！咳，为什么要有今天？
不比从前，没了我的疯癫，
再没有小孩时的新鲜，
这回再不来这大海的边沿！
海上只暗沉沉的一片，
暗潮侵蚀了沙字的痕迹，
却冲不淡我悲惨的颜色——
我喊一声海，海！
你从此不再是我的乖乖！

★徐志摩和林徽因一见钟情,但是后来因为种种原因,两人无法结合在一起。从这首诗就能够看出作者心中的那种落寞之感。

难得

难得,夜这般清静,
难得,炉火这般的温,
更是难得,无言的相对,
一双寂寞的灵魂!
也不必筹营,也不必详论,
更没有虚矫,猜忌与嫌憎,
只静静的坐对着一炉火,
只静静的默数远巷的更。
喝一口白水,朋友,
滋润你的干裂的口唇;
你添上几块煤,朋友,
一炉的红焰感念你的殷勤。
在冰冷的冬夜,朋友,
人们方始珍重难得的炉薪;
在这冰冷的世界,
方始凝结了少数同情的心!

这是一个懦怯的世界

这是一个懦怯的世界:

容不得恋爱,容不得恋爱!
披散你的满头发,
赤露你的一双脚;
　　跟着我来,我的恋爱,
抛弃这个世界
殉我们的恋爱!
我拉着你的手,
爱,你跟着我走;
　　听凭荆棘把我们的脚心刺透,
　　听凭冰雹劈破我们的头,
你跟着我走,
我拉着你的手,
逃出了牢笼,恢复我们的自由!
跟着我来,
我的恋爱!
人间已经掉落在我们的后背,——
看呀,这不是白茫茫的大海?
白茫茫的大海,
白茫茫的大海,
无边的自由,我与你与恋爱!
顺着我的指头看,
那天边一小星的蓝——
　　那是一座岛,岛上有青草,
　　鲜花,美丽的走兽与飞鸟;
快上这轻快的小艇,

去到那理想的天庭——

　　恋爱，欢欣，自由——
　　辞别了人间，永远！

★此诗写于1925年，时值徐志摩与有夫之妇的陆小曼相爱。这种恋爱是不容于当时社会的，因而遭到很多人的反对。徐深感传统道德观念对人精神的束缚，这首诗就表达了他当时的心境。

天国的消息

可爱的秋景！无声的落叶，
轻盈的，轻盈的，掉落在这小径，
竹篱内，隐约的，有小儿女的笑声：
呖呖的清音，缭绕着村舍的静谧，
仿佛是幽谷里的小鸟，欢噪着清晨，
驱散了昏夜的晦塞，开始无限光明。
霎那的欢欣，昙花似的涌现，
开豁了我的情绪，忘却了春恋，
人生的惶惑与悲哀，惆怅与短促——
在这稚子的欢笑声里，想见了天国！
晚霞泛滥着金色的枫林，
凉风吹拂着我孤独的身形；
我灵海里啸响着伟大的波涛，
应和更伟大的脉搏，更伟大的灵潮！

乡村里的音籁

小舟在垂柳荫间缓泛——
一阵阵初秋的凉风,
吹生了水面的漪绒,
吹来两岸乡村里的音籁。
我独自凭着船窗闲憩,
静看着一河的波幻,
静听着远近的音籁,——
又一度与童年的情景默契!
这是清脆的稚儿的呼唤,
田场上工作纷纭,

竹篱边犬吠鸡鸣；

但这无端的悲感与凄惋！

白云在蓝天里飞行：

我欲把恼人的年岁，

我欲把恼人的情爱，

托付与无涯的空灵——消泯；

回复我纯朴的，美丽的童心：

像山谷里的冷泉一勺，

像晓风里的白头乳鹊，

像池畔的草花，自然的鲜明。

消息

雷雨暂时收敛了；

双龙似的双虹,
显现在雾霭中,
夭矫,鲜艳,生动——
好兆!明天准是好天了。
什么!又是一阵打雷——
在云外,在天外,
又是一片暗淡,
不见了鲜虹彩——
希望,不曾站稳,又毁。

古怪的世界

从松江的石湖塘
上车来老妇一双,
颤巍巍的承住弓形的老人身,
多谢(我猜是)普渡山的盘龙藤:
青布棉袄,黑布棉套,
头毛半秃,齿牙半耗:
肩挨肩的坐落在阳光暖暖的窗前,
畏葸的,呢喃的,
像一对寒天的老燕;
震震的干枯的手背,
震震的皱缩的下颏:
这二老!是妯娌,是姑嫂,是姊妹?——
紧挨着,老眼中有伤悲的眼泪!
怜悯!贫苦不是卑贱,
老衰中有无限庄严;——
老年人有什么悲哀,为什么凄伤?
为什么在这快乐的新年,抛却家乡?
同车里杂沓的人声,
轨道上疾转着车轮;

梅轩——海宁徐志摩故居的书房

我独自的，独自的沉思这世界古怪——
是谁吹弄着那不调谐的人道的音籁？

在那山道旁

在那山道旁，一天雾蒙蒙的朝上，
初生的小蓝花在草丛里窥觑，
我送别她归去，与她在此分离，
在青草里飘拂，她的洁白的裙衣。
我不曾开言，她亦不曾告辞，
驻足在山道旁，我暗暗的寻思：
"吐露你的秘密，这不是最好时机？"——
露湛的小草花，仿佛恼我的迟疑。
为什么迟疑，这是最后的时机，
在这山道旁，在这雾盲的朝上？
收集了勇气，向着她我旋转身去——
但是啊！为什么她这满眼凄惶？
我咽住了我的话，低下了我的头：
火灼与冰激在我的心胸间回荡，
啊，我认识了我的命运，她的忧愁——
在这浓雾里，在这凄清的道旁！
在那天朝上，在雾茫茫的山道旁，
新生的小蓝花在草丛里睥睨，
我目送她远去，与她从此分离——

在青草间飘拂,她那洁白的裙衣!

*1924年5月,送别泰戈尔后,徐志摩和林徽因的感情也画上了句号。因为林已经决定和梁思成赴美留学,于是徐志摩作《在那山道旁》来描述分别的场景。

徐志摩、林徽因与印度诗人泰戈尔

五老峰

不可摇撼的神奇,
　　不容注视的威严,
这耸峙,这横蟠,
　　这不可攀援的峻险!
看!那巉岩缺处
　　透露着天,窈远的苍天,
在无限广博的怀抱间,
　　这磅礴的伟象显现!
是谁的意境,是谁的想象?
　　是谁的工程与搏造的手痕?
在这亘古的空灵中
　　陵慢着天风,天体与天氛!

五老峰

有时朵朵明媚的彩云,
　　轻颤的,妆缀着老人们的苍鬖,
像一树虬干的古梅在月下
　　吐露了艳色鲜葩的清芬!
山麓前伐木的村童,
　　在山涧的清流中洗濯,呼啸,
认识老人们的嗔颦,
　　迷雾海沫似的喷涌,铺罩,
淹没了谷内的青林,
　　隔绝了鄱阳的水色袅渺,
陡壁前闪亮着火电,听呀!
　　五老们在渺茫的雾海外狂笑!
朝霞照他们的前胸,
　　晚霞戏逗着他们赤秃的头颅;

黄昏时，听异鸟的欢呼，

　　在他们鸠盘的肩旁怯怯的透露

不昧的星光与月彩：

　　柔波里，缓泛着的小艇与轻舸；

听呀！在海会静穆的钟声里，

　　有朝山人在落叶林中过路！

更无有人事的虚荣，

　　更无有尘世的仓促与噩梦，

灵魂！记取这从容与伟大，

　　在五老峰前饱啜自由的山风！

这不是山峰，这是古圣人的祈祷，

　　凝聚成这"冻乐"似的建筑神工，

给人间一个不朽的凭证——

一个"崛强的疑问"在无极的蓝空!

破庙

慌张的急雨将我
赶入了黑丛丛的山坳,
迫近我头顶在腾拿,
恶狠狠的乌龙巨爪,
枣树兀兀地隐蔽着
一座静悄悄的破庙,
我满身的雨点雨块,
躲进了昏沉沉的破庙;
雷雨越发来得大了:
霍隆隆半天里霹雳,
豁喇喇林叶树根苗,
山谷山石,一齐怒号,
千万条的金剪金蛇,
飞入阴森森的破庙,
我浑身战抖,趁电光
估量这冷冰冰的破庙;
我禁不住大声啼叫,
电光火把似的照耀,
照出我身旁神龛里
一个青面狞笑的神道,

电光去了,霹雳又到,
不见了狞笑的神道,
硬雨石块似的倒泻——
我独身藏躲在破庙;
千年万年应该过了!
只觉得浑身的毛窍,
只听得骇人的怪叫,
只记得那凶恶的神道,
忘记了我现在的破庙,
好容易雨收了,雷休了,
血红的太阳,满天照耀,
照出一个我,一座破庙!

雪花的快乐

假若我是一朵雪花,
翩翩的在半空里潇洒,
我一定认清我的方向——
飞扬,飞扬,飞扬,——
这地面上有我的方向。
不去那冷寞的幽谷,
不去那凄清的山麓,
也不上荒街去惆怅——
飞扬,飞扬,飞扬,

你看，我有我的方向！

在半空里娟娟的飞舞，

认明了那清幽的住处，

等着她来花园里探望——

飞飏，飞飏，飞飏，——

啊，她身上有朱砂梅的清香！

那时我凭借我的身轻，

盈盈的，沾住了她的衣襟，

贴近她柔波似的心胸，——

消溶，消溶，消溶，——

溶入了她柔波似的心胸！

★ 这是一首潇洒而缠绵的小诗，借雪花"飞扬"的快乐，表现出作者热烈追求、寻觅理想的豪迈心情，寄托了作者对美好生活的向

往。"雪花"是诗人的自喻,诗中的"她"则是诗人信仰的化身。

沙扬娜拉——赠日本女郎

徐志摩与泰戈尔等人合影

最是那一低头的温柔,
像一朵水莲花不胜凉风的娇羞,
道一声珍重,
道一声珍重,
那一声珍重里有蜜甜的忧愁
——沙扬娜拉!

★此诗写于1924年6月随泰戈尔访日期间,是长诗《沙扬娜拉十八首》中的最后一首。沙扬娜拉是日语"再见"的音译。

朝雾里的小草花

这岂是偶然,小玲珑的野花!
你轻含鲜露颗颗,
怦动的像是慕光明的花蛾,
在黑暗里想念着焰彩,晴霞;
我此时在这蔓草丛中过路,
无端的内感,惆怅与惊讶,
在这迷雾里,在这岩壁下,
思忖着,泪怦怦的,人生与鲜露?

残诗

怨谁?怨谁?这不是青天里打雷?
关着,锁上;赶明儿瓷花砖上堆灰!
别瞧这白石台阶光润,赶明儿,
唉,石缝里长草,
石板上青青的全是莓!
那廊下的青玉缸里养着鱼,真凤尾,
可还有谁给换水,
谁给捞草,谁给喂?
要不了三五天准翻着白肚鼓着眼,

不浮着死,也就让冰分儿压一个扁!
顶可怜是那几个红嘴绿毛的鹦哥,
让娘娘教得顶乖,会跟着洞箫唱歌,
真娇养惯,喂食一迟,
就叫人名儿骂,
现在,您叫去!
就剩空院子给您答话!……

恋爱到底是什么一回事

恋爱他到底是什么一回事?——
他来的时候我还不曾出世;
太阳为我照上了二十几个年头,
我只是个孩子,认不识半点愁;
忽然有一天——
我又爱又恨那一天——
我心坎里痒齐齐的有些不连牵,
那是我这辈子第一次的上当,
有人说是受伤——
你摸摸我的胸膛——
他来的时候我还不曾出世,
恋爱他到底是什么一回事?
这来我变了,一只没笼头的马——
跑遍了荒凉的人生的旷野;

林徽因

又像那古时间献璞玉的楚人，
手指着心窝，说这里面有真有真，
你不信时一刀拉破我的心头肉，
看那血淋淋的一掬是玉不是玉；
血！那无情的宰割，我的灵魂！
是谁逼迫我发最后的疑问？
疑问！这回我自己幸喜我的梦醒，
上帝，我没有病，再不来对你呻吟！
我再不想成仙，蓬莱不是我的分；
我只要这地面，情愿安分的做人，——
从此再不问恋爱是什么一回事，
反正他来的时候我还不曾出世！

落叶小唱

一阵声响转上了阶沿
（我正挨近着梦乡边；）
这回准是她的脚步了，我想——
在这深夜！
一声剥啄在我的窗上
（我正靠紧着睡乡旁；）
这准是她来闹着玩——你看，
我偏不张皇！
一个声息贴近我的床，

少女时代的林徽因和同学

我说（一半是睡梦，一半是迷惘：）——
"你总不能明白我，你又何苦
多叫我心伤！"
一个喟息落在我的枕边，
（我已在梦乡里留恋；）
"我负了你！"你说——你的热泪
烫着我的脸！
这声响恼着我的梦魂
（落叶在庭前舞，一阵，又一阵；）
梦完了，呵，回复清醒；恼人的——
却只是秋声！

★此诗用"兴"的写法，看似在写"她"的到来，其实全是抒发主人公的梦中感觉。

为要寻一颗明星

我骑着一匹拐腿的瞎马，
向着黑夜里加鞭；——
向着黑夜里加鞭，
我跨着一匹拐腿的瞎马。
我冲入这黑绵绵的昏夜，
为要寻一颗明星；——
为要寻一颗明星，
我冲入这黑茫茫的荒野。

累坏了，累坏了我胯下的牲口，
那明星还不出现；——
那明星还不出现，
累坏了，累坏了马鞍上的身手。
这回天上透出了水晶似的光明，
荒野里倒着一只牲口，——
黑夜里躺着一具尸首。
这回天上透出了水晶似的光明！

徐志摩的挚友林徽因

★ 此诗中的"明星"，其实是理想的别名。诗中运用形象的比喻，显露了诗人的决心："即使累死，能寻到理想的境界，也是乐意的。"此诗略带悲凉的气氛，但蕴涵热切之情。

谁知道

我在深夜里坐着车回家——
一个褴褛的老头他使着劲儿拉；
　天上不见一个星，
　街上没有一只灯：
　那车灯的小火
　冲着街心里的土——
　左一个颠簸，右一个颠簸，
　拉车的走着他的踉跄步；
　……

"我说拉车的,
这道儿哪儿能这么的黑?"
"可不是先生?这道儿真——真黑!"
他拉——拉过了一条街,
穿过了一座门,
转一个弯,转一个弯,
一般的暗沉沉;——
  天上不见一个星,
  街上没有一个灯:
  那车灯的小火
  蒙着街心里的土——
  左一个颠簸,右一个颠簸,
  拉车的走着他的踉跄步;
  ……
"我说拉车的,这道儿哪儿能这么的静?"
"可不是先生?这道儿真——真静!"
他拉——紧贴着一垛墙,长城似的长,
过一处河沿,
转入了黑遥遥的旷野;——
  天上不露一颗星,
  道上没有一只灯:
  那车灯的小火
  晃着道儿上的土——
  左一个颠簸,右一个颠簸,
  拉车的走着他的踉跄步;

……

"我说拉车的,
怎么这儿道上一个人都不见?"
"倒是有,先生,
就是您不大瞧得见!"
我骨髓里一阵子的冷——
那边青缭缭的是鬼还是人?
仿佛听着呜咽与笑声——
啊,原来这遍地都是坟!

　　天上不亮一颗星,
　　道上没有一只灯:
　　那车灯的小火
　　缭着道儿上的土——
　　左一个颠簸,右一个颠簸,
　　拉车的跨着他的踉跄步;
　　……

"我说——我说拉车的喂!
这道儿哪……哪儿有这么的远?"
"可不是先生?这道儿真——真远!"
"可是……你拉我回家……
你走错了道儿没有?"
"谁知道先生!
谁知道走错了道儿没有!"
……
我在深夜里坐着车回家,

一堆不相识的褴褛他使着劲儿拉;
　　天上不明一颗星,
　　道上不见一只灯:
　　只那车灯的小火
　　袅着道儿上的土——
　　左一个颠簸,右一个颠簸,
　　拉车的跨着他的蹒跚步。

问谁

问谁?呵,这光阴的播弄
问谁去声诉,
在这冻沉沉的深夜,凄风
吹拂她的新墓?
"看守,你须用心的看守,
这活泼的流溪,
莫错过,在这清波里优游;
青脐与红鳍!"
那无声的私语在我的耳边
似曾幽幽的吹嘘,——
像秋雾里的远山,半化烟,
在晓风前卷舒。
因此我紧揽着我生命的绳网,
像一个守夜的渔翁,

兢兢的，注视着那无尽流的时光——
私冀有彩鳞掀涌。
但如今，如今只余这破烂的渔网——
嘲讽我的希冀，
我喘息的怅望着不复返的时光，
泪依依的憔悴！
又何况在这黑夜里徘徊：
黑夜似的痛楚：
一个星芒下的黑影凄迷——
留连着一个新墓！
问谁……我不敢抢呼，怕惊扰
这墓底的清淳；
我俯身，我伸手向她搂抱——
啊，这半潮润的新坟！
这惨人的旷野无有边沿，
远处有村火星星，
丛林中有鸱鸮在悍辩——
此地有伤心，只影！
这黑夜，深沉的，环包着大地；
笼罩着你与我——
你，静凄凄的安眠在墓底；
我，在迷醉里摩挲！
正愿天光更不从东方
按时的泛滥：
我便永远依偎着这墓旁——

在沉寂里的消幻——
但青曦已在那天边吐露,
苏醒的林鸟,
已在远近间相应喧呼——
又是一度清晓。
不久,这严冬过去,东风
又来催促青条:
便妆缀这冷落的墓宫,
亦不无花草飘摇。
但为你,我爱,如今永远封禁
在这无情的地下——
我更不盼天光,更无有春信:
我的是无边的黑夜!

夜半松风

这是冬夜的山坡,
坡下一座冷落的僧庐,
庐内一个孤独的梦魂:
在忏悔中祈祷,在绝望中沉沦;——
为什么这怒叫,这狂啸,
鼍鼓与金钲与虎与豹?
为什么这幽诉,这私慕,
烈情的惨剧与人生的坎坷——

又一度潮水似的淹没了
这彷徨的梦魂与冷落的僧庐?

青年曲

泣与笑,恋与愿与恩怨,
难得的青年,倏忽的青年,

前面有座铁打的城垣,青年,
你进了城垣,永别了春光,
永别了青年,恋与愿与恩怨!
妙乐与酒与玫瑰,不久住人间,
青年,彩虹不常在天边,
梦里的颜色,不能永葆鲜妍,
你须珍重,青年,你有限的脉搏,
休教幻景似的消散了你的青年!

月下雷峰影片

我送你一个雷峰塔影,
满天稠密的黑云与白云;
我送你一个雷峰塔顶,
明月泻影在眠熟的波心。
深深的黑夜,依依的塔影,
团团的月彩,纤纤的波鳞——
假如你我荡一支无遮的小艇,
假如你我创一个完全的梦境!

★"三潭印月——我不爱什么九曲,也不爱什么三潭,我爱在月下看雷峰静极了的影子——我见了那个,便不要性命。"徐志摩在《西湖记》中说的这段极富感情的话,自然是诗人话。然而正是诗人话,月下雷峰塔静静的倒影所具有的梦幻效果就可想而知,虽然这其中必然渗透了诗人隐秘的审美观。

留别日本

我惭愧我来自古文明的乡国，
我惭愧我脉管中有古先民的遗血，
我惭愧扬子江的流波如今混浊，
我惭愧——我面对着富士山的清越！
古唐时的壮健常萦我的梦想：
那时洛邑的月色，那时长安的阳光；
那时蜀道的啼猿，那时巫峡的涛响；
更有那哀怨的琵琶，在深夜的浔阳！
但这千余年的痿痹，千余年的懵懂：
更无从辨认——当初华族的优美、从容！
催残这生命的艺术，是何处来的狂风？——
缅念那遍中原的白骨，我不能无恸！
我是一枚飘泊的黄叶，在旋风里飘泊，
回想所从来的巨干，如今枯秃；
我是一颗不幸的水滴，在泥潭里匍匐——
但这干涸了的涧身，亦曾有水流活泼。
我欲化一阵春风，一阵吹嘘生命的春风，
催促那寂寞的大木，惊破他深长的迷梦；
我要一把倔强的铁锹，铲除淤塞与臃肿，
开放那伟大的潜流，又一度在宇宙间汹涌。

为此我羡慕这岛民依旧保持着往古的风尚,
在朴素的乡间想见
古社会的雅驯、清洁、壮旷;
我不敢不祈祷古家邦的重光,
但同时我愿望——
愿东方的朝霞
永葆扶桑的优美,优美的扶桑!

富士山

盖上几张油纸

一片，一片，半空里
掉下雪片；
有一个妇人，有一个妇人
独坐在阶沿。
虎虎的，虎虎的，风响
在树林间；
有一个妇人，有一个妇人，
独自在哽咽。
为什么伤心，妇人，
这大冷的雪天？
为什么啼哭，莫非是
失掉了钗钿？
不是的，先生，不是的，
不是为钗钿；
也是的，也是的，我不见了
我的心恋。
那边松林里，山脚下，先生，
有一只小木箧，
装着我的宝贝，我的心，
三岁儿的嫩骨！
昨夜我梦见我的儿
叫一声"娘呀——
天冷了，天冷了，天冷了，
儿的亲娘呀！"
今天果然下大雪，屋檐前

望得见冰条,
我在冷冰冰的被窝里摸——
摸我的宝宝。
方才我买来几张油纸,
盖在儿的床上;
我唤不醒我熟睡的儿——
我因此心伤。
一片,一片,半空里
掉下雪片;
有一个妇人,有一个妇人,
独坐在阶沿。
虎虎的,虎虎的,风响
在树林间;
有一个妇人,有一个妇人,
独自在哽咽。

石虎胡同七号

我们的小园庭,
有时荡漾着无限温柔;
善笑的藤娘,
袒酥怀任团团的柿掌绸缪,
百尺的槐翁,
在微风中俯身将棠姑抱搂,
黄狗在篱边,
守候睡熟的珀儿,它的小友,
小雀儿新制求婚的艳曲,
在媚唱无休——
我们的小园庭,
有时荡漾着无限温柔。

我们的小园庭,
有时淡描着依稀的梦景;
雨过的苍茫与满庭荫绿,
织成无声幽冥,
小蛙独坐在残兰的胸前,
听隔院蚓鸣,
一片化不尽的雨云,
倦展在老槐树顶,
掠檐前作圆形的舞旋,

是蝙蝠，还是蜻蜓？

我们的小园庭，

有时淡描着依稀的梦景。

我们的小园庭，

有时轻喟着一声奈何；

奈何在暴雨时，

雨槌下捣烂鲜红无数，

奈何在新秋时，

未凋的青叶惆怅地辞树，

奈何在深夜里，

月儿乘云艇归去，西墙已度，

远巷薤露的乐音，

一阵阵被冷风吹过——

我们的小园庭，

有时轻喟着一声奈何。

我们的小园庭，

有时沉浸在快乐之中；

雨后的黄昏，

满院只美荫，清香与凉风，

大量的蹇翁，

巨樽在手，蹇足直指天空，

一斤，两斤，

杯底喝尽，满怀酒欢，满面酒红，

连珠的笑响中，

浮沉着神仙似的酒翁——

我们的小园庭,
有时沉浸在快乐之中。

★此诗描述了四幅富有诗意的生活情景,从中我们不仅可以看到诗人所谓的理想人生——"诗化生活",还可以看到一位超然物外,追求宁静、和谐生活的诗人形象。

哀曼殊斐尔

我昨夜梦入幽谷,
听子规在百合丛中泣血;
我昨夜梦登高峰,
见一颗光明泪自天坠落。
古罗马的郊外有座墓园,
静偃着百年前客殇的诗骸;
百年后海岱士黑辇的车轮,
又喧响在芳丹卜罗的青林边。
说宇宙是无情的机械,
为甚明灯似的理想闪耀在前?
说造化是真善美之表现,
为甚五彩虹不常住天边?
我与你虽仅一度相见——
但那二十分不死的时间!
谁能信你那仙姿灵态,

曼殊斐尔像

竟已朝露似的永别人间？

非也！生命只是个实体的幻梦：

美丽的灵魂，永承上帝的爱宠；

三十年小住，只似昙花之偶现，

泪花里我想见你笑归仙宫。

你记否伦敦约言，曼殊斐尔！

今夏再见于琴妮湖之边；

琴妮湖永抱着白朗矶的雪影，

此日我怅望云天，泪下点点！

我当年初临生命的消息，

梦觉似的骤感恋爱之庄严；

生命的觉悟是爱之成年，

我今又因死而感生与恋之涯沿！

因情是攒不破的纯晶，

爱是实现生命之唯一途径：

死是座伟秘的洪炉，此中

凝炼万象从来之神明。

我哀思焉能电花似的飞骋，

感动你在天日遥远的灵魂？

我洒泪向风中遥送，

问何时能戡破生死之门？

★ 曼殊斐尔（1875—1930），英国诗人、小说家。《哀曼殊斐尔》写于1922年7月徐志摩归国前夕，他拜访了英国著名作家曼殊斐尔，并与她有过20分钟愉快的交谈，对于曼殊斐尔的才情和美貌，徐深为折服。谁知此次会见竟成永别，半年后，曼殊斐尔溘然长逝。当徐志摩第二次游欧洲时,面对她的孤坟不胜自悲,写下了这首悼亡诗。

去吧

去吧,人间,去吧!
我独立在高山的峰上;
去吧,人间,去吧!
我面对着无极的穹苍。
去吧,青年,去吧!
与幽谷的香草同埋;
去吧,青年,去吧!
悲哀付与暮天的群鸦。
去吧,梦乡,去吧!
我把幻景的玉杯摔破;
去吧,梦乡,去吧!
我笑受山风与海涛之贺。
去吧,种种,去吧!
当前有插天的高峰;
去吧,一切,去吧!
当前有无穷的无穷!

* 1924年5月,徐志摩陪同泰戈尔离开北京去太原,

泰戈尔坐像

这首诗很可能写于去太原的途中。这之前,他还曾写了一封信给林徽因,但是还没写完,车已经开动,后来此诗被英国人恩厚之(L.K.Elmhirst)收藏。恩厚之曾任泰戈尔秘书。

自然与人生

风,雨,山岳的震怒:
猛进,猛进!
显你们的猖獗,暴烈,威武,
霹雳是你们的酣嗷,
雷震是你们的军鼓——
万丈的峰峦在涌汹的战阵里
失色,动摇,颠簸;
猛进,猛进!
这黑沉沉的下界,是你们的俘虏!
壮观!仿佛是跳出了人生的关塞,
凭着智慧的明辉,回看
这伟大的悲惨的趣剧,
在时空
无际的舞台上,更番的演着:——
我驻足在岱岳的顶巅,
在阳光朗照着的顶巅,俯看山腰里
蜂起的云潮敛着,叠着,渐缓的
淹没了眼下的青峦与幽壑;
霎时的开始了骇人的工作。
风,雨,雷霆,山岳的震怒——

猛进，猛进！
矫捷的，猛烈的：
吼着，打击着，咆哮着；
烈情的火焰，在层云中狂窜：
恋爱，嫉妒，咒诅，
嘲讽，报复，牺牲，烦闷，
疯犬似的跳着，追着，嗥着，咬着，
毒蟒似的绞着，
翻着，扫着，舐着——
猛进，猛进！
狂风，暴雨，电闪，雷霆：
烈情与人生！
静了，静了——
不见了晦盲的云罗与雾锢，
只有轻纱似的浮沤，在透明的晴空，
冉冉的飞升，冉冉的翳隐，
像是白羽的安琪，捷报天庭。
静了，静了，——
眼前消失了战阵的幻景，
回复了幽谷与冈峦与森林，
青葱，凝静，芳馨，
像一个浴罢的处女，
忸怩的无言，默默的自怜。
变幻的自然，变幻的人生，
瞬息的转变，暴烈与和平，
刿心的惨剧与怡神的宁静：——
谁是主，谁是宾，谁幻复谁真？

莫非是造化儿的诙谐与游戏,
恣意的反复着涕泪与欢喜,
厄难与幸运,娱乐他的冷酷的心,
与我在云外看雷阵,一般的无情?

一星弱火

我独坐在半山的石上,
看前峰的白云蒸腾,
一只不知名的小雀,
嘲讽着我迷惘的神魂。
白云一饼饼的飞升,
化入了辽远的无垠;
但在我逼仄的心头,啊,
却凝敛着惨雾与愁云。
皎洁的晨光已经透露,
洗净了青屿似的前峰;
像墓墟间的磷光惨淡,
一星的微焰在我的胸中。
但这惨淡的弱火一星,
照射着残骸与余烬,
虽则是往迹的嘲讽,
却绵绵的长随时间进行!

月下待杜鹃不来

看一回凝静的桥影,
数一数螺钿的波纹,
我倚暖了石栏的青苔,
青苔凉透了我的心坎;
月儿,你休学新娘羞,
把锦被掩盖你光艳首,
你昨宵也在此勾留,
可听她允许今夜来否?
听远村寺塔的钟声,
像梦里的轻涛吐复收,
省心海念潮的涨歇,
依稀漂泊踉跄的孤舟!
水粼粼,夜冥冥,思悠悠,
何处是我恋的多情友?
风飕飕,柳飘飘,榆钱斗斗,
令人长忆伤春的歌喉。

一个祈祷

请听我悲哽的声音,
祈求于我爱的神:

人间哪一个的身上，
不带些儿创与伤！
哪有高洁的灵魂，
不经地狱，便登天堂：
我是肉薄过刀山，炮烙，
闯度了奈何桥，
方有今日这颗赤裸裸的心，
自由高傲！
这颗赤裸裸的心，
请收了吧，我的爱神！
因为除了你更无人，
给他温慰与生命，
否则，你就将他磨成齑粉，
散入西天云，
但他精诚的颜色，
却永远点染你春朝的
新思，秋夜的梦境；
怜悯吧，我的爱神！

冢中的岁月

白杨树上一阵鸦啼，

白杨树上叶落纷披，
白杨树下有荒土一堆：
亦无有青草，亦无有墓碑；
亦无有蛱蝶双飞，
亦无有过客依违，
有时点缀荒野的暮霭，
土堆邻近有青磷闪闪。
埋葬了也不得安逸，
髑髅在坟底叹息；
舍手了也不得静谧，
髑髅在坟底饮泣。
破碎的愿望梗塞我的呼吸，
伤禽似的震悚着他的羽翼；
白骨放射着赤色的火焰——
却烧不尽生前的恋与怨。
白杨在西风里无语，摇曳，

美丽而孤傲的林徽因

孤魂在墓窟的凄凉里寻味：
　"从不享，可怜，祭扫的温慰，
　再有谁存念我生平的梗概"！

＊徐志摩非常崇拜英国诗人雪莱，尤其羡慕他的覆舟而死。他说："我希望我将来能得到他

雪莱像

那样的解脱,让后人谈起就寄予无限的同情和悲悯。"

默境

我友,记否那西山的黄昏,
钝氲里透出的紫霭红晕,
漠沉沉,黄沙弥望,恨不能
登山顶,饱餐西陲的菁英,
全仗你吊古殷勤,趋别院,
度边门,惊起了卧犬狰狞。
墓庭的光景,却别是一味
苍凉,别是一番苍凉境地:
我手剔生苔碑碣,看冢里
僧骸是何年何代,你轻踹
生苔庭砖,细数松针几枚;
不期间彼此缄默的相对,
僵立在寂静的墓庭墙外,
同化于自然的宁静,默辨
静里深蕴着普遍的义韵;
我注目在墙畔一穗枯草,
听邻庵经声,听风抱树梢,
听落叶,冻鸟零落的音调,
心定如不波的湖,却又教
连珠似的潜思泛破,神凝

如千年僧骸的尘埃,却又
被静的底里的热焰熏点;
我友,感否这柔韧的静里,
蕴有钢似的迷力,满充着
悲哀的况味,阐悟的几微,
此中不分春秋,不辨古今,
生命即寂灭,寂灭即生命,
在这无终始的洪流之中,
难得素心人悄然共游泳;
纵使阐不透这凄伟的静,
我也怀抱了这静中涵濡,
温柔的心灵;我便化野鸟
飞去,翅羽上也永远染了
欢欣的光明,我便向深山
去隐,也难忘你游目云天,
游神象外的Transfiguration
我友!知否你妙目——漆黑的
圆睛——放射的神辉,照彻了
我灵府的奥隐,恍如昏夜
行旅,骤得了明灯,刹那间
周遭转换,涌现了无量数
理想的楼台,更不见墓园
风色,再不闻衰冬吁喟,但
见玫瑰丛中,青春的舞蹈
与欢容,只闻歌颂青春的

谐乐与欢惊；——
轻捷的步履，
你永向前领，欢乐的光明，
你永向前引：我是个崇拜
青春、欢乐与光明的灵魂。

【翡冷翠的一夜】

小引

  《翡冷翠的一夜》于1927年2月由上海新月出版社出版，是诗人"生活上的又一个较大的波折的留痕"（《猛虎集·自序》），主调是爱与死的主题和闲适的风景吟咏。

  诗人将这个集子郑重地送给陆小曼，并为此给陆小曼写了一封信，言辞间尽是迷茫："我如其曾经有过一星星诗的本能，这几年都市的生活早就把它压死，这一年间我只淘成了一首诗，前途更是渺茫，唉，不来也吧，只是我怕辜负你的期望，眉，我如何能不感到惆怅！"

偶然

我是天空里的一片云，
偶尔投影在你的波心——
你不必讶异，
更无须欢喜——
在转瞬间消灭了踪影。
你我相逢在黑夜的海上，
你有你的，我有我的，方向；
你记得也好，
最好你忘掉
在这交会时互放的光亮！

★《偶然》在徐志摩诗追求美的历程中，具有独特的转折性意义。按著名诗人卞之琳的说法："这首诗在作者诗中是在形式上最完美的一首。"

翡冷翠的一夜

你真的走了，明天？
那我，那我，……
你也不用管，迟早有那一天；
你愿意记着我，就记着我，

要不然趁早忘了这世界上
有我,省得想起时空着恼,
只当是一个梦,一个幻想;
只当是前天我们见的残红,
怯怜怜的在风前抖擞,一瓣,
两瓣,落地,叫人踩,变泥……
唉,叫人踩,变泥——
变了泥倒干净,
这半死不活的才叫是受罪,
看着寒碜,累赘,叫人白眼——
天呀!你何苦来,你何苦来……
我可忘不了你,那一天你来,
就比如黑暗的前途见了光彩,
你是我的先生,我爱,我的恩人,
你教给我什么是生命,什么是爱,
你惊醒我的昏迷,偿还我的天真。
没有你我哪知道天是高,草是青?
你摸摸我的心,它这下跳得多快;
再摸我的脸,烧得多焦,亏这夜黑
看不见;爱,我气都喘不过来了,
别亲我了;我受不住这烈火似的活,
这阵子我的灵魂就像是火砖上的
熟铁,在爱的锤子下,砸,砸,火花
四散的飞洒……我晕了,抱着我,
爱,就让我在这儿清静的园内,

闭着眼，死在你的胸前，多美！
头顶白杨树上的风声，沙沙的，
算是我的丧歌，这一阵清风，
橄榄林里吹来的，带着石榴花香，
就带了我的灵魂走，还有那萤火，
多情的殷勤的萤火，有他们照路，
我到了那三环洞的桥上再停步，
听你在这儿抱着我半暖的身体，
悲声的叫我、亲我、摇我、咂我，……
我就微笑的再跟着清风走，
随它领着我，
天堂，地狱，哪儿都成，
反正丢了这可厌的人生，实现这死
在爱里，这爱中心的死，不强如
五百次的投生？……自私，我知道，
可我也管不着……你伴着我死？
什么，不成双就不是完全的"爱死"，
要飞升也得两对翅膀儿打伙，
进了天堂还不一样的得照顾，
我少不了你，你也不能没有我；
要是地狱，我单身去你更不放心，
你说地狱不定比这世界文明
（虽则我不信，）像我这娇嫩的花朵，
难保不再遭风暴，不叫雨打，
那时候我喊你，你也听不分明，

一代名媛陆小曼

——那不是求解脱反投进了泥坑,
倒叫冷眼的鬼串通了冷心的人,
笑我的命运,笑你懦怯的粗心?
这话也有理,那叫我怎么办呢?
活着难,太难,就死也不得自由,
我又不愿你为我牺牲你的前程……
唉!你说还是活着等,等那一天!
有那一天吗?
——你在,就是我的信心;
可是天亮你就得走,你真的忍心
丢了我走?我又不能留你,这是命;
但这花,没阳光晒,没甘露浸,
不死也不免瓣尖儿焦萎,多可怜!
你不能忘我,爱,除了在你的心里,
我再没有命;是,我听你的话,我等,
等铁树儿开花我也得耐心等;
爱,你永远是我头顶的一颗明星:
要是不幸死了,我就变一个萤火,
在这园里,挨着草根,暗沉沉的飞,
黄昏飞到半夜,半夜飞到天明,
只愿天空不生云,我望得见天,
天上那颗不变的大星,那是你,
但愿你为我多放光明,隔着夜,
隔着天,通着恋爱的灵犀一点……

★1925年,徐志摩和陆小曼的恋情在北京社交界传得沸沸扬扬,徐为了避嫌，借口出国考察。写这首诗时他正身处异乡（意大利佛罗伦萨），客居异乡的孤寂，对远方恋人的思念让他感受到爱情不容于世的痛苦，这些抑郁的情怀同他一贯的人生追求和信仰结合起来，便构成了这首诗独特的意蕴。

半夜深巷琵琶

又被它从睡梦中惊醒，
深夜里的琵琶！
是谁的悲思，
是谁的手指，
像一阵凄风，
像一阵惨雨，
像一阵落花，
在这夜深深时，
在这睡昏昏时，
挑动着紧促的弦索，
乱弹着宫商角徵，
和着这深夜，荒街，
柳梢头有残月挂，
啊，半轮的残月，
像是破碎的希望他，
他头戴一顶开花帽，
身上带着铁链条，

在光阴的道上疯了似的跳,

疯了似的笑,

完了,他说,吹糊你的灯,

她在坟墓的那一边等,

等你去亲吻,

等你去亲吻,

等你去亲吻?

苏苏

苏苏是一痴心的女子,
  像一朵野蔷薇,她的丰姿;
像一朵野蔷薇,她的丰姿——
  来一阵暴风雨,摧残了她的身世。
  这荒草地里有她的墓碑,
淹没在蔓草里,她的伤悲;
淹没在蔓草里,她的伤悲——
  啊,这荒土里化生了血染的蔷薇!
  那蔷薇是痴心女的灵魂,
在清早上受清露的滋润,
到黄昏里有晚风来温存,
  更有那长夜的慰安,看星斗

陆小曼 胡适先生曾说:"陆小曼是北京城一道不可不看的风景。"

纵横。

你说这应分是她的平安？

但运命又叫无情的手来攀，

攀，攀尽了青条上的灿烂，——

可怜呵，苏苏她又遭一度的摧残！

★本诗写于1925年5月5日，初载于同年12月1日《晨报七周年纪念增刊》，署名徐志摩。

再不见雷峰

再不见雷峰，

雷峰坍成了一座大荒冢，

顶上有不少交抱的青葱；

顶上有不少交抱的青葱，

再不见雷峰，

雷峰坍成了一座大荒冢。

为什么感慨，

对着这光阴应分的摧残？

世上多的是不应分的变态。

世上多的是不应分的变态；

发什么感慨，

对着这光阴应分的摧残？

为什么感慨：

这塔是镇压，这坟是掩埋——

镇压还不如掩埋来得痛快!
镇压还不如掩埋来得痛快,
发什么感慨,
这塔是镇压,这坟是掩埋。
再没有雷峰,
雷峰从此掩埋在人的记忆中,
像曾经的幻梦,曾经的爱宠;
像曾经的幻梦,曾经的爱宠,
再没有雷峰;
雷峰从此掩埋在人的记忆中。

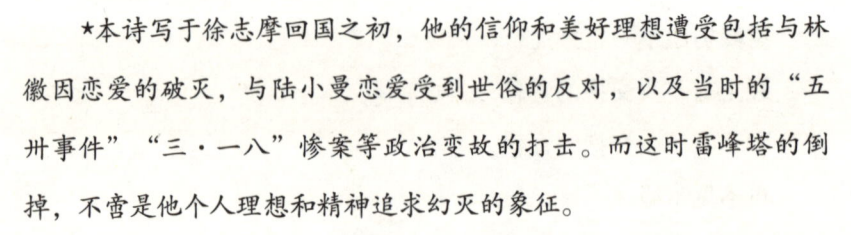

未倒塌之前的雷峰塔

＊本诗写于徐志摩回国之初,他的信仰和美好理想遭受包括与林徽因恋爱的破灭,与陆小曼恋爱受到世俗的反对,以及当时的"五卅事件""三·一八"惨案等政治变故的打击。而这时雷峰塔的倒掉,不啻是他个人理想和精神追求幻灭的象征。

"起造一座墙"

你我千万不可亵渎那一个字,
别忘了在上帝跟前起的誓。
我不仅要你最柔软的柔情,
蕉衣似的永远裹着我的心;
我要你的爱有纯钢似的强,

在这流动的生里起造一座墙；
任凭秋风吹尽满园的黄叶，
任凭白蚁蛀烂千年的画壁；
就使有一天霹雳震翻了宇宙，——
也震不翻你我"爱墙"内的自由！

*本诗写一个热恋中人的一个美妙幻想：希望爱人修起一座钢铁般的爱墙，不受外界的干扰，从而实现爱情的坚贞和自由。这首诗是诗人追求坚韧爱情的自白，也是对自由人生的颂扬。

在哀克刹脱教堂前

这是我自己的身影，今晚间
倒映在异乡教宇的前庭，
一座冷峭峭森严的大殿，
一个峭阴阴孤耸的身影。
我对着寺前的雕像发问：
"是谁负责这离奇的人生？"
老朽的雕像瞅着我发楞，
仿佛怪嫌这离奇的疑问。
我又转问那冷郁郁的大星，
它正升起在这教堂的后背，
但它答我以嘲讽似的迷瞬，
在星光下相对，我与我的迷谜！
这时间我身旁的那颗老树，

他荫蔽着战迹碑下的无辜,
幽幽的叹一声长气,像是
凄凉的空院里凄凉的秋雨。
他至少有百余年的经验,
人间的变幻他长短都见过;
生命的顽皮他也曾计数;
春夏间汹汹,冬季里婆娑。
他认识这镇上最老的前辈,
看他们受洗,长黄毛的婴孩;
看他们配偶,也在这教门内,——
最后看他们的名字上墓碑!
这半悲惨的趣剧他早经看厌,
他自身臃肿的残余更不沾恋;
因此他与我同心,发一阵叹息——
啊!我身影边平添了斑斑的落叶!

★哀克刹脱,现通译为埃克塞特,英国城市名。

变与不变

树上的叶子说:"这来又变样儿了,
你看,有的是抽心烂,
有的是卷边焦!"
"可不是,"答话的是我自己的心:
它也在冷酷的西风里退色,凋零。

这时候联翩的明星爬上了树尖；
"看这儿，"
它们仿佛说，"有没有改变？"
"看这儿，"
无形中又发动了一个声音，
"还不是一样鲜明？"——
插话的是我的魂灵！

海韵

一

"女郎，单身的女郎，
你为什么留恋
这黄昏的海边？——
女郎，回家吧，女郎！"
"啊不；回家我不回，
我爱这晚风吹："——
在沙滩上，在暮霭里，
有一个散发的女郎——
　　徘徊，徘徊。

二

"女郎，散发的女郎，
你为什么彷徨
在这冷清的海上？

女郎，回家吧，女郎！"
"啊不；你听我唱歌，
大海，我唱，你来和："——
在星光下，在凉风里，
轻荡着少女的清音——
高吟，低哦。

三

"女郎，胆大的女郎！
那天边扯起了黑幕，
　　这顷刻间有恶风波——
女郎，回家吧，女郎！"
"啊不；你看我凌空舞，
学一个海鸥没海波："——
在夜色里，在沙滩上，
急旋着一个苗条的身影——
　　婆娑，婆娑。

四

"听呀，那大海的震怒，
女郎回家吧，女郎！
看呀，那猛兽似的海波，
女郎，回家吧，女郎！"
"啊不；海波他不来吞我，
我爱这大海的颠簸！"
在潮声里，在波光里，
啊，一个慌张的少女在海沫里，

蹉跎，蹉跎。

五

"女郎，在哪里，女郎？
在哪里，你嘹亮的歌声？
在哪里，你窈窕的身影？
在哪里，啊，勇敢的女郎？"
黑夜吞没了星辉，
这海边再没有光芒；
海潮吞没了沙滩，
沙滩上再不见女郎——
　　再不见女郎！

珊瑚

你再不用想我说话，
我的心早沉在海水底下；
你再不用向我叫唤：
因为我——我再不能回答！
除非你——除非你也来在
这珊瑚骨环绕的又一世界；
等海风定时的一刻清静，
你我来交互你我的幽叹。

"这年头活着不易"

昨天我冒着大雨到烟霞岭下访桂；
　　南高峰在烟霞中不见，
　　在一家松茅铺的屋檐前
　　我停步，问一个村姑今年
翁家山的桂花有没有去年开的媚，
那村姑先对着我身上细细的端详；
　　活像只羽毛浸瘪了的鸟，
　　我心想，她定觉得蹊跷，
　　在这大雨天单身走远道，
倒来没来头的问桂花今年香不香。
"客人，你运气不好，来得太迟又太早；
　　这里就是有名的满家弄，
　　往年这时候到处香得凶，
　　这几天连绵的雨，外加风，
弄得这稀糟，今年的早桂就算完了。"
果然这桂子林也不能给我点子欢喜：
　　枝上只见焦萎的细蕊，
　　看着凄惨，唉，无妄的灾！
　　为什么这到处是憔悴？
这年头活着不易！这年头活着不易！

★本诗写于1925年9月,最初载于同年10月21日《晨报副刊》,署名鹤。梁实秋在《忆志摩》中说到此诗的写作背景:"据志摩讲,他到满家弄访桂,原意是希望在漫山的桂林中捡一个路边的茶座坐下,吃一碗新鲜桂花煮的新鲜栗子汤!没想到扑个空,感而赋此,感到人生凋敝,世事纷纭,真可以说是'人犹如此,木何以堪'了。"

决断

我的爱:
再不可迟疑;
误不得这唯一的时机,
天平秤——
在你自己心里,
哪头重——
砝码都不用比!
你我的——哪还用着我提?
下了种,就得完功到底。
生,爱,死——
三连环的迷谜;
拉动一个,
两个就跟着挤。
老实说,
我不稀罕这活,

这皮囊,——

哪处不是拘束。

要恋爱,

要自由,要解脱——

这小刀子,许是你我的天国!

可是不死

就得跑,远远的跑;

谁耐烦

在这猪圈里捞骚?

险——

不用说,总得冒,

不拼命,

哪件事拿得着?

看那星,

多勇猛的光明!

看这夜,多庄严,多澄清!

走吧,甜,

前途不是暗昧;

多谢天,

从此跳出了轮回!

我来扬子江边买一把莲蓬

我来扬子江边买一把莲蓬;

手剥一层层莲衣,
看江鸥在眼前飞,
忍含着一眼悲泪——
我想着你,我想着你,啊小龙!
我尝一尝莲瓢,回味曾经的温存:——
那阶前不卷的重帘,
掩护着同心的欢恋:
我又听着你的盟言,
"永远是你的,我的身体,我的灵魂。"
我尝一尝莲心,我的心比莲心苦;
我长夜里怔忡,
挣不开的恶梦,
谁知我的苦痛?
你害了我,爱,这日子叫我如何过?

但我不能责你负，我不忍猜你变，
我心肠只是一片柔：
你是我的！我依旧
将你紧紧的抱搂——
除非是天翻——
但谁能想象那一天？

*1925年陆小曼母女南去，徐亦随之南下。在南京长江边，他望着滔滔江水，不禁心潮澎湃，于是写下了这首诗。

【猛虎集】

那河畔的金柳　是夕陽中的新娘
波光裡的豔影　在我的心頭蕩漾
軟泥上的青荇　油油的在水底招搖
在康河的柔波裡　我甘心做一條水草
那榆蔭下的一潭　不是清泉是天上虹
揉碎在浮藻間　沈澱著彩虹似的夢
尋夢？撐一支長蒿　向青草更青處漫溯
滿載一船星輝　在星輝斑斕裡放歌
但我不能放歌　悄悄是別離的笙簫
夏蟲也為我沈默　沈默是今晚的康橋
悄悄的我走了　正如我悄悄的來

小引

《猛虎集》出版于1931年,是徐志摩生前出版的最后一个诗集。这一时期的作品大多笼罩在一种消沉的气氛中,几乎看不到社会生活的清晰形象,但这些作品却是"徐志摩的'中坚作品',是技巧上最成熟的作品"(茅盾《徐志摩论》)。

他曾为《猛虎集》作过自序,文中说道:"我希望这是我的一个真的复活的机会……我这次印行这第三集诗没有别的话说,我只要借此告慰我的朋友,让他们知道我还有一口气,还想在实际生活的重重压迫下透出一些声响来的。"

再别康桥

轻轻的我走了,

正如我轻轻的来；
我轻轻的招手，
作别西天的云彩。
那河畔的金柳，
是夕阳中的新娘；
波光里的艳影，
在我的心头荡漾。
软泥上的青荇，
油油的在水底招摇；
在康河的柔波里，
我甘心做一条水草！
那榆荫下的一潭，
不是清泉，是天上虹，
揉碎在浮藻间，
沉淀着彩虹似的梦。
寻梦？撑一支长篙，
向青草更青处漫溯，
满载一船星辉，
在星辉斑斓里放歌。
但我不能放歌，
悄悄是别离的笙箫；
夏虫也为我沉默，
沉默是今晚的康桥！
悄悄的我走了，
正如我悄悄的来；

剑桥大学

我挥一挥衣袖,

不带走一片云彩。

★本诗写于1928年11月6日。徐志摩启程赴日本,经美国、加拿大再次赴欧游历。在伦敦,故地重游,思绪万千。在归途中写了这一传世佳作。

1920-1922年,徐志摩游学英国剑桥大学期间,不仅深受康桥周围思想文化气氛的熏陶,接受了英国资产阶级思想文化的洗礼,同时在康桥大自然的美景中,发现了人的灵性,找到了天人合一的神境。

美丽的康桥 就是在这里,徐志摩写下名诗《再别康桥》,后收入《猛虎集》中。

我不知道风是在哪一个方向吹

我不知道风

是在哪一个方向吹——

我是在梦中,

在梦的轻波里依洄。

我不知道风

是在哪一个方向吹——

我是在梦中,

她的温存,我的迷醉。

我不知道风

是在哪一个方向吹——

我是在梦中,

甜美是梦里的光辉。

我不知道风

是在哪一个方向吹——
我是在梦中，
她的负心，我的伤悲。
我不知道风
是在哪一个方向吹——
我是在梦中，
在梦的悲哀里心碎！
我不知道风
是在哪一个方向吹——
我是在梦中，
黯淡是梦里的光辉。

他眼里有你

我攀登了万仞的高冈，
荆棘扎烂了我的衣裳，
我向飘渺的云天外望——
上帝，我望不见你！
我向坚厚的地壳里掏，
捣毁了蛇龙们的老巢，
在无底的深潭里我叫——
上帝，我听不到你！
我在道旁见一个小孩：
活泼、秀丽、褴褛的衣衫；

他叫声妈,眼里亮着爱——
上帝,他眼里有你!

残春

昨天我瓶子里斜插着的桃花
是朵朵媚笑在美人的腮边挂;
今儿它们全低了头,全变了相:——
红的白的尸体倒悬在青条上。
窗外的风雨报告残春的运命,
丧钟似的音响在黑夜里叮咛:
"你那生命的瓶子里的鲜花也
变了样:艳丽的尸体,谁给收殓?"

徐志摩上海故居的会客厅

两个月亮

我望见有两个月亮：
一般的样，不同的相。
一个这时正在天上，
披敞着雀毛的衣裳；
她不吝惜她的恩情，
满地全是她的金银。
她不忘故宫的琉璃，
三海间有她的清丽。
她跳出云头，跳上树，
又躲进新绿的藤萝。
她那样玲珑，那样美，
水底的鱼儿也得醉！
但她有一点子不好，
她老爱向瘦小里耗；
有时满天只见星点，
没了那迷人的圆脸，
虽则到时候照样回来，
但这份相思有些难挨！
还有那个你看不见，
虽则不提有多么艳！
她也有她醉涡的笑，

还有转动时的灵妙；
说慷慨她也从不让人，
可惜你望不到我的园林！
可贵是她无边的法力，
常把我灵波向高里提：
我最爱那银涛的汹涌，
浪花里有音乐的银钟；
就那些马尾似的白沫，
也比得珠宝经过雕琢。
一轮完美的明月，
又况是永不残缺！
只要我闭上这一双眼，
她就婷婷的升上了天！

春的投生

昨晚上，
再前一晚也是的，
在雷雨的猖狂中，
春投生入残冬的尸体。
不觉得脚下的松软，
耳鬓间的温驯吗？
树枝上浮着青，
潭里的水漾成无限的缠绵；

徐志摩、陆小曼和小曼的两个堂侄一起游玩。

再有你我肢体上

胸膛间的异样的跳动；

桃花早已开上你的脸，

我在更敏锐的消受

你的媚，吞咽

你的连珠的笑；

你不觉得我的手臂

更迫切的要求你的腰身，

我的呼吸投射到你的身上

如同万千的飞萤投向光焰？

这些，还有别的许多说不尽的，

和着鸟雀们的热情的回荡，

都在手携手的赞美着

春的投生。

*徐志摩是一位沉浸在浓得化不开的爱情里的诗人。他和陆小曼的恋情更是激发了诗人蓬勃的诗兴，我们不妨把《春的投生》看成是某种写实之作。

怨得

怨得这相逢
谁作的主？——风！
也就一半句话，
露水润了枯芽。
黑暗——放一箭光；

飞蛾：他受了伤。

偶然，真是的。

惆怅？喔何必！

残破

一

深深的在深夜里坐着：
当窗有一团不圆的光亮，
风挟着灰土，在大街上
　　小巷里奔跑：
我要在枯秃的笔尖上袅出
一种残破的残破的声调，
为要抒写我的残破的思潮。

二

深深的在深夜里坐着：
生尖角的夜凉在窗缝里
妒忌屋内残余的暖气，
　　也不饶恕我的肢体：
但我要用我半干的墨水描成
一些残破的残破的花样，
因为残破，残破是我的思想。

三

深深的在深夜里坐着，
左右是一些丑怪的鬼影：

焦枯的落魄的树木
在冰沉沉的河沿叫喊，
比着绝望的姿势，
正如我要在残破的意识里
重兴起一个残破的天地。

四

深深的在深夜里坐着，
闭上眼回望到过去的云烟：
啊，她还是一枝冷艳的白莲，
斜靠着晓风，万种的玲珑；
但我不是阳光，也不是露水，
我有的只是些残破的呼吸，
如同封锁在壁椽间的群鼠，
追逐着，追求着黑暗与虚无！

阔的海

阔的海空的天我不需要，
我也不想放一只巨大的纸鹞
上天去捉弄四面八方的风；

我只要一分钟

我只要一点光

我只要一条缝，——

像一个小孩爬伏

在一间暗屋的窗前

望着西天边不死的一条

缝，一点

光，一分

钟。

活该

活该你早不来！
热情已变死灰。
提什么已往？——
骷髅的磷光！
将来？——各走各的道，
长庚管不着"黄昏晓"。
爱是痴，恨也是傻；
谁点得清恒河的沙？
不论你梦有多么圆，
周围是黑暗没有边。
比是消散了的诗意，
趁早掩埋你的旧忆。

少女时代的林徽因

这苦脸也不用装,
到头儿总是个忘!
得!我就再亲你一口:
热热的!去,再不许停留。

山中

庭院是一片静,
听市谣围抱,
织成一地松影——
看当头月好!
不知今夜山中,
是何等光景:
想也有月,有松,
有更深的静。
我想攀附月色,
化一阵清风,
吹醒群松春醉,
去山中浮动;
吹下一针新碧,
掉在你窗前;
轻柔如同叹息——
不惊你安眠!

黄鹂

一掠颜色飞上了树。
"看,一只黄鹂!"有人说。
翘着尾尖,它不作声,
艳异照亮了浓密——
像是春光,火焰,像是热情。
等候它唱,我们静着望,怕惊了它。
但它一展翅,冲破浓密,
化一朵彩云;
它飞了,不见了,没了——
像是春光,火焰,像是热情。

拜献

山,我不赞美你的壮健,
海,我不歌咏你的阔大,
风波,我不颂扬你威力的无边;
但那在雪地里挣扎的小草花,
路旁冥盲中无告的孤寡,
烧死在沙漠里想归去的雏燕,——
给他们,给宇宙间一切无名的不幸,

我拜献，拜献我胸胁间的热，
管里的血，灵性里的光明；
我的诗歌——在歌声嘹亮的一俄顷，
天外的云彩为你们织造快乐，
起一座虹桥，
指点着永恒的逍遥，
在嘹亮的歌声里消纳了无穷的苦厄！

在不知名的道旁

什么无名的苦痛，悲悼的新鲜，
什么压迫，什么冤屈，什么烧烫
你体肤的伤，妇人，使你蒙着脸
在这昏夜，在这不知名的道旁，
任凭过往人停步，讶异的看你，
你只是不作声，黑绵绵的坐地？
还有蹲在你身旁悚动的一堆，
一双小黑眼闪荡着异样的光，
像暗云天偶露的星晞，她是谁？
疑惧在她脸上，可怜的小羔羊，
她怎知道人生的严重，夜的黑，
她怎能明白运命的无情，惨刻？
聚了，又散了，过往人们的讶异。
刹那的同情也许：但他们不能

为你停留,妇人,你与你的儿女;

伴着你的孤单,只昏夜的阴沉,

与黑暗里的萤光,飞来你身旁,

来照亮那小黑眼闪荡的星芒!

*此诗写于1928年10月赴印度访问泰戈尔期间,发表在1929年2月1日《金屋月刊》上。

泰戈尔 徐悲鸿画

哈代

哈代,厌世的,不爱活的,
这回再不用怨言,
一个黑影蒙住他的眼?
去了,他再不漏脸。
八十八年不是容易过,
老头活该他的受,
扛着一肩思想的重负,
早晚都不得放手。
为什么放着甜的不尝,
暖和的座儿不坐,

偏挑那阴凄的调儿唱,
辣味儿辣得口破,
他是天生那老骨头僵,
一对眼拖着看人,
他看着了谁谁就遭殃,
你不用跟他讲情!
他就爱把世界剖着瞧,
是玫瑰也给拆坏;
他没有那画眉的纤巧,
他有夜鸮的古怪!
古怪,他争的就只一点——
一点"灵魂的自由",
也不是成心跟谁翻脸,
认真就得认个透。
他可不是没有他的爱——
他爱真诚,爱慈悲:
人生就说是一场梦幻,
也不能没有安慰。
这日子你怪得他惆怅,
怪得他话里有刺,
他说乐观是"死尸脸上
抹着粉,搽着胭脂!"
这不是完全放弃希冀,
宇宙还得往下延,
但如果前途还有生机,

思想先不能随便。
为维护这思想的尊严,
诗人他不敢怠惰,
高擎着理想,睁大着眼,
抉剔人生的错误。
现在他去了,再不说话。
(你听这四野的静),
你爱忘了他就忘了他
(天吊明哲的凋零)!

*哈代(1840—1928年),全名托马斯·哈代(Thomas. Hardy),英国作家。徐志摩对哈代这位被评论界誉为"自莎士比亚以来最富有悲剧性的英国诗人"极为崇拜,称他为"老英雄"。在他的翻译作品里,介绍哈代的诗文是最多的。

车眺

一

我不能不赞美
这向晚的五月天;
怀抱着云和树
那些玲珑的水田。

二

白云穿掠着晴空,

像仙岛上的白燕!
晚霞正照着它们,
白羽镶上了金边。

三

背着轻快的晚凉,
牛,放了工,呆着做梦;
孩童们在一边蹲,
想上牛背,美,逗英雄!

四

在绵密的树荫下,
有流水,有白石的桥,
桥洞下早来了黑夜,
流水里有星在闪耀。

五

绿是豆畦,阴是桑树林,
幽郁是溪水旁的草丛,
静是这黄昏时的田景,
但你听,草虫们的飞动!

六

月亮在昏黄里上妆,
太阳心慌的向天边跑;
他怕见她,他怕她见,——
怕她见笑一脸的红糟!

俘虏颂

我说朋友，你见了没有，那俘虏：
拼了命也不知为谁，
提着杀人的凶器，
带着杀人的恶计，
趁天没有亮，堵着嘴，
望长江的浓雾里悄悄的飞渡；
趁太阳还在崇明岛外打盹，
满江心只是一片阴，
破着褴褛的江水，
不提防冤死的鬼，
爬在时间背上讨命，
挨着这一船船替死来的接吻；
他们摸着了岸就比到了天堂：
顾不得险，顾不得潮，
一耸身就落了地
（梦里的青蛙惊起，）
踹烂了六朝的青草，
燕子矶的嶙峋都变成了康庄！
干什么来了，这"大无畏"的精神？
算是好男子不怕死？——
为一个人的荒唐，

徐志摩故居外景

为几元钱的奖赏,
闯进了魔鬼的圈子,
供献了身体,在乌龙山下变粪?
看他们今儿个做俘虏的光荣!
身上脸上全挂着彩,
眉眼糊成了玫瑰,
口鼻裂成了山水,
脑袋顶着朵大牡丹,
在夫子庙前,在秦淮河边寻梦!

*徐志摩关于《俘虏颂》说过这样一段话:此诗原投《现代评论》,刊出后编辑先生来信,说他擅主割去了末了一段,因为有了那一段诗意即成了"反革命",剪了那一段则是"绝妙的一首革命诗",因而为报也为作者,他决意割去了那条不革命的尾巴!我原稿就只那一份,割去那一段我也记不起,重做也不愿意,要删又有朋友不让,所以就让它照这"残样"站着吧。

我等候你

我等候你。
我望着户外的昏黄
如同望着将来,
我的心震盲了我的听。
你怎还不来?希望
在每一秒钟上允许开花。

我守候着你的步履，
你的笑语，你的脸，
你的柔软的发丝，
守候着你的一切；
希望在每一秒钟上
枯死——你在哪里？
我要你，要得我心里生痛，
我要你的火焰似的笑，
要你的灵活的腰身，
你的发上眼角的飞星；
我陷落在迷醉的氛围中，
像一座岛，
在蟒绿的海涛间，
不自主的在浮沉……
喔，我迫切的想望
你的来临，想望
那一朵神奇的优昙
开上时间的顶尖！
你为什么不来，忍心的？
你明知道，我知道你知道，
你这不来于我是致命的一击，
打死我生命中午放的阳春，
教坚实如矿里的铁的黑暗，
压迫我的思想与呼吸；
打死可怜的希冀的嫩芽，

英国伦敦大本钟

把我，囚犯似的，交付给

妒与愁苦，生的羞惭

与绝望的惨酷。

这也许是痴。竟许是痴。

我信我确然是痴；

但我不能转拨一支已然定向的舵，

万方的风息都不容许我犹豫——

我不能回头，运命驱策着我！

我也知道这多半是走向

毁灭的路；但

为了你，为了你

我什么也都甘愿；

这不仅我的热情，

我的仅有的理性亦如此说。

痴！想礤碎一个生命的纤微

为要感动一个女人的心！

想博得的，能博得的，至多是

她的一滴泪，

她的一阵心酸，

竟许一半声漠然的冷笑；

但我也甘愿，即使

我粉身的消息传到

她的心里如同传给

一块顽石，她把我看做

一只地穴里的鼠，一条虫，

我还是甘愿!

痴到了真,是无条件的,

上帝他也无法调回一个

痴定了的心如同一个将军

有时调回已上死线的士兵。

枉然,一切都是枉然,

你的不来是不容否认的实在,

虽则我心里烧着泼旺的火,

饥渴着你的一切,

你的发,你的笑,你的手脚;

任何的痴想与祈祷

不能缩短一小寸

你我间的距离!

户外的昏黄已然

凝聚成夜的乌黑,

树枝上挂着冰雪,

鸟雀们典去了它们的啁啾,

沉默是这一致穿孝的宇宙。

钟上的针不断的比着

玄妙的手势,像是指点,

像是同情,像是嘲讽,

每一次到点的打动,我听来是

我自己的心的

活埋的丧钟。

★此诗发表于1929年10月,陈梦家在《纪念志摩》中说:"《我等候你》(又名《我看见你》)是他一生中最好的一首抒情诗。"

生活

阴沉,黑暗,毒蛇似的蜿蜒,
生活逼成了一条甬道:
一度陷入,你只可向前,
手扪索着冷壁的粘潮,
在妖魔的脏腑内挣扎,
头顶不见一线的天光,
这魂魄,在恐怖的压迫下,
除了消灭更有什么愿望?

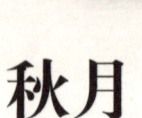

秋月

一样是月色,
今晚上的,因为我们都在抬头看——
看它,一轮腴满的妩媚,
从乌黑得如同暴徒一般的
云堆里升起——
看得格外的亮,分外的圆。
它展开在道路上,
它飘闪在水面上,

它沉浸在
水草盘结得如同忧愁般的
水底；
它睥睨在古城的雉堞上，
万千的城砖在它的清亮中
呼吸，
它抚摸着
错落在城厢外内的墓墟，
在宿鸟的断续的呼声里，
想见新旧的鬼，
也和我们似的相依偎的站着，
眼珠放着光，
咀嚼着彻骨的阴凉：
银色的缠绵的诗情
如同水面的星磷，
在露盈盈的空中飞舞。
听那四野的吟声——
永恒的卑微的谐和，
悲哀揉和着欢畅，
怨仇与恩爱，
晦冥交抱着火电，
在这敻绝的秋夜与秋野的
苍茫中，
　"解化"的伟大
在一切纤微的深处

展开了
婴儿的微笑!

深夜

深夜里,街角上,
梦一般的灯芒。
烟雾迷裹着树!
怪得人错走了路?
"你害苦了我——冤家!"
她哭,他——不答话。
晓风轻摇着树尖:
掉了,早秋的红艳。

枉然

你枉然用手锁着我的手,
女人,用口擒住我的口,
枉然用鲜血注入我的心,

火烫的泪珠见证你的真;
迟了!你再不能叫死的复活,
从灰土里唤起原来的神奇:
纵然上帝怜念你的过错,
他也不能拿爱再交给你!

陆小曼作的山水扇面

秋虫

秋虫，你为什么来？人间
早不是旧时候的清闲；
这青草，这白露，也是呆：
再也没有用，这些诗材！
黄金才是人们的新宠，
她占了白天，又霸住梦！
爱情：像白天里的星星，
她早就回避，早没了影。
天黑它们也不得回来，
半空里永远有乌云盖。
还有廉耻也告了长假，
他躲在沙漠地里住家；
花尽着开可结不成果，
思想被主义奸污得苦！
你别说这日子过得闷，
晦气脸的还在后面跟！
这一半也是灵魂的懒，
他爱躲在园子里种菜，
"不管，"他说，"听他往下丑——
变猪，变蛆，变蛤蟆，变狗……
过天太阳羞得遮了脸，

月亮残缺了再不肯圆,
到那天人道真灭了种,
我再来打——打革命的钟!"

给——

我记不得维也纳,
除了你,阿丽思;
我想不起佛兰克府,
除了你,桃乐斯;
尼司,佛洛伦司,巴黎,
也都没有意味,
要不是你们的艳丽,——
玫思,麦蒂特,腊妹,
翩翩的,盈盈的,
孜孜的,婷婷的,
照亮着我记忆的幽黑,
像冬夜的明星,
像暑夜的游萤,——
怎教我不倾颓!
怎教我不迷醉!

渺小

我仰望群山的苍老,

他们不说一句话。
阳光描出我的渺小,
小草在我的脚下。
我一人停步在路隅,
顿听空谷的松籁;
青天里有白云盘踞——
转眼间忽又不在。

西窗

陆小曼的山水画

一

这西窗
这不知趣的西窗放进
四月天时下午三点钟的阳光
一条条直的斜的羼躺在我的床上;
放进一团捣乱的风片
搂住了难免处女羞的花窗帘,
呵她痒,腰弯里,脖子上,
羞得她直扬在半空里,刮破了脸;
放进下面走道上洗被单
衬衣大小毛巾的胰子味,
厨房里饭焦鱼腥蒜苗是腐乳的沁芳南,
还有弄堂里的人声比狗叫更显得松脆。

二

当然不知趣也不止是这西窗,

但这西窗是够顽皮的,

它何尝不知道这是人们打中觉的好时光!

拿一件衣服,

不,拿这条绣外国花的毛毯,

堵死了它,给闷死了它:

耶稣死了我们也好睡觉!

直着身子,不好,弯着来,

学一只卖弄风骚的大龙虾,

在清浅的水滩上引诱水波的荡意!

对呀,叫迷离的梦意像浪丝似的

爬上你的胡须,你的衣袖,你的呼吸……

你对着你脚上又新破了一个大窟窿的袜子发愣或是

忙着送玲巧的手指到神秘的胳肢窝搔痒——可不是搔痒的时候

你的思想不见得会长上那把不住的大翅膀:

谢谢天,这是烟士披里纯来到的刹那间

因为有窟窿的破袜是绝对的理性,

胳肢窝里虱类的痒是不可怀疑的实在。

三

香炉里的烟,远山上的雾,

人的贪嗔和心机;

经络里的风湿,话里的刺,笑脸上的毒,

谁说这宇宙这人生不够富丽的?

你看那市场上的盘算,比那蠢着大烟筒

走大洋海的船的肚子里的机轮更来得复杂,
血管里疙瘩着几两几钱,几钱几两,
脑子里也不知哪来这许多尖嘴的耗子爷?
还有那些比柱石更重实的大人们,
他们也有他们的
盘算;
他们手指间夹着的雪茄虽则也冒着一卷卷成云彩的
烟,
但更曲折,更奥妙,更像长虫的翻戏,
是他们心里的算计,
怎样到意大利喀辣辣矿山里去
搬运一个大石座来站他一个
足够与灵龟比赛的年岁,
何况还有波斯兵的长枪,
匈奴的暗箭……

再有从上帝的创造里单独创造出来曾向农商部呈请
　　创造专利的文学先生们，这是个奇迹的奇迹，
　　正如狐狸精对着月光吞吐她的命珠，
他们也是在月光勾引潮汐时学得他们的职业秘密。
　　青年的血，
　　尤其是滚沸过的心血，是可口的：——
他们借用普罗列塔里亚的瓢匙在彼此请呀请的舀着
　　喝。
他们将来铜像的地位一定望得见朱温张献忠的。
绣着大红花的俄罗斯毛毯方才拿来蒙住西窗的也不
　　知怎的滑溜了下来，不容做梦人继续他的冒险，
　　但这些滑腻的梦意钻软了我的心
　　像春雨的细脚踹软了道上的春泥。
西窗还是不挡着的好，虽则弄堂里的人声
　　有时比狗叫更显得松脆。
这是谁说的："拿手擦擦你的嘴，
　　这人间世在洪荒中不住的转，
　　像老妇人在空地里捡可以当柴烧的材料？"

杜鹃

杜鹃，多情的鸟，他终宵唱：
在夏荫深处，仰望着流云
飞蛾似围绕月亮的明灯，

星光疏散如海滨的渔火，
甜美的夜在露湛里休憩，
他唱，他唱一声"割麦插禾"，——
农夫们在天放晓时惊起。
多情的鹃鸟，他终宵声诉，
是怨，是慕，他心头满是爱，
满是苦，化成缠绵的新歌，
柔情在静夜的怀中颤动；
他唱，口滴着鲜血，斑斑的，
染红露盈盈的草尖，晨光
轻摇着园林的迷梦；他叫，
他叫，他叫一声"我爱哥哥！"

陆小曼作的《松下高士图》

★此诗赞颂了为爱而啼血的痴情。徐志摩曾在《猛虎集》自序中写道："有一种天教歌唱的鸟不到呕血不住口，它的歌里有它独自知道的悲哀与伤痛的鲜明。"

卑微

卑微，卑微，卑微；
风在吹
无抵抗的残苇：
枯槁它的形容，
心已空，

音调如何吹弄?
它在向风祈祷:
"忍心好,
将我一举推倒。
"也是一宗解化——
本无家,
任漂泊到天涯!"

季候

一

他俩初起的日子,
像春风吹着春花。
花对风说:"我要。"
风不回话;他给!

二

但春花早变了泥,
春风也不知去向。
她怨,说天时太冷;
"不久就冻冰。"他说。

干着急

朋友,这干着急有什么用,
喝酒玩吧,这槐树下凉快;
看槐花直掉在你的杯中——
别嫌它:这也是一种的爱。
胡知了到天黑还在直叫
(她为我的心跳还不一样?)
那紫金山头有夕阳返照
(我心头,不是夕阳,是惆怅!)
这天黑得草木全变了形
(天黑可盖不了我的心焦;)
又是一天,天上点满了银
(又是一天,真是,这怎么好!)

车上

这一车上有各等的年岁,各色的人:

有出须的,有奶孩,

有青年,有商,有兵;

也各有各的姿态:傍着的,躺着的,

张眼的,闭眼的,向窗外黑暗望着的。

车轮在铁轨上碾出重复的繁响,

天上没有星点,一路不见一些灯亮;

只有车灯的幽辉照出旅客们的脸,

他们老的少的,一致声诉旅程的疲倦。

这时候忽然从最幽暗的一角发出

歌声:像是山泉,像是晓鸟,

蜜甜,清越,

又像是荒漠里点起了通天的明燎,

它那正直的金焰投射到遥远的山坳。

她是一个小孩,

欢欣摇开了她的歌喉;

在这冥盲的旅程上,在这昏黄时候,

像是奔发的山泉,像是狂欢的晓鸟,

她唱,

直唱得一车上满是音乐的幽妙。

旅客们一个又一个的表示着惊异，
渐渐每一个脸上来了有光辉的惊喜：
买卖的，军差的，
老辈，少年，都是一样，
那吃奶的婴儿，也把他的小眼开张。
她唱，直唱得旅途上到处点上光亮，
层云里翻出玲珑的月和斗大的星，
花朵，灯彩似的，
在枝头竞赛着新样，
那细弱的草根也在摇曳轻快的青萤！

一块晦色的路碑

脚步轻些，过路人！
休惊动那最可爱的灵魂，
如今安眠在这地下，
有绛色的野草花掩护她的余烬。
你且站定，在这无名的土阜边，
任晚风吹弄你的衣襟，
倘如这片刻的静定感动了你的悲悯，
让你的泪珠圆圆的滴下——
为这长眠着的美丽的灵魂！
过路人，假若你也曾
在这人间不平的道上颠顿，

让你此时的感愤凝成最锋利的悲悯,
在你的激震着的心叶上,
刺出一滴,两滴的鲜血——
为这遭冤屈的最纯洁的灵魂!

希望的埋葬

希望,只如今……
如今只剩些遗骸;
可怜,我的心……
却教我如何埋掩?
希望,我抚摩着
你惨变的创伤,
在这冷默的冬夜
谁与我商量埋葬?
埋你在秋林之中,
幽涧之边,你愿否,
朝餐泉乐的琤琮,
暮偎着松茵香柔。
我收拾一筐的红叶,
露凋秋伤的枫叶,
铺盖在你新坟之上,——
长眠着美丽的希望!
我唱一支惨淡的歌,

徐志摩墓

与秋林的秋声相和；
滴滴凉露似的清泪，
洒遍了清冷的新墓！
我手抱你冷残的衣裳，
凄怀你生前经过——
一个遭不幸的爱母
回想一场抚养的辛苦。
我又舍不得将你埋葬，
希望，我的生命与光明！
像那个情疯了的公主，
紧搂着他爱人的冷尸！
梦境似的惝恍，
毕竟是谁存与谁亡？

是谁在悲唱,希望!
你,我,是谁替谁埋葬?
"美是人间不死的光芒,"
不论是生命,或是希望;
便冷骸也发生命的神光,
何必问秋林红叶去埋葬?

【云游集】

轻轻的我走了 正如我轻轻的来
我轻轻的招手 作别西天的云彩
那河畔的金柳 是夕阳中的新娘
波光里的艳影 在我的心头荡漾

小引

《云游集》中的作品写于大革命前后,这时诗人思想趋向颓废,是徐志摩罹难后由陈梦家整理其遗稿成集的,1932年7月由新月书店出版。

陆小曼为《云游集》作序时,悲痛之余,言辞间充满了对其才华的欣赏:"其实我也同别人一样的崇拜他,不是等他过后我才夸他,说实话他写的东西是比一般人来得俏皮。他的诗有几首真是写得像活的一样,有的字用得别提多美呢!有些神仙似的句子看了真叫人神往,叫人忘却人间有烟火气。"

康桥再会吧

康桥,再会吧;

我心头盛满了别离的情绪,
你是我难得的知己,我当年
辞别家乡父母,登太平洋去,
(算来一秋二秋,已过了四度
春秋,浪迹在海外,美土欧洲)
扶桑风色,檀香山芭蕉况味,
平波大海,开拓我心胸神意,
如今都变了梦里的山河,
渺茫明灭,在我灵府的底里;
我母亲临别的泪痕,她弱手
向波轮远去送爱儿的巾色,
海风咸味,海鸟依恋的雅意,
尽是我记忆的珍藏,我每次
摩按,总不免心酸泪落,便想
理箧归家,重向母怀中匐伏,
回复我天伦挚爱的幸福;
我每想人生多少跋涉劳苦,
多少牺牲,都只是枉费无补,
我四载奔波,称名求学,毕竟
在知识道上,采得几茎花草,
在真理山中,爬上几个峰腰,
钧天妙乐,曾否闻得,彩红色,
可仍记得?——但我如何能回答?
我但自喜楼高车快的文明,
不曾将我的心灵污抹,今日

我对此古风古色，桥影藻密，
依然能坦胸相见，惺惺惜别。
康桥，再会吧！
你我相知虽迟，然这一年中
我心灵革命的怒潮，尽冲泻
在你妩媚河身的两岸，此后
清风明月夜，当照见我情热
狂溢的旧痕，尚留草底桥边，
明年燕子归来，当记我幽叹
音节，歌吟声息，缦烂的云纹
霞彩，应反映我的思想情感，
此日撒向天空的恋意诗心，
赞颂穆静腾辉的晚景，清晨
富丽的温柔；听！那和缓的钟声
解释了新秋凉绪，旅人别意，
我精魂腾跃，满想化入音波，
震天彻地，弥盖我爱的康桥，
如慈母之于睡儿，缓抱软吻；
康桥！汝永为我精神依恋之乡！
此去身虽万里，梦魂必常绕
汝左右，任地中海疾风东指，
我亦必纤道西回，瞻望颜色；
归家后我母若问海外交好，
我必首数康桥，在温清冬夜
蜡梅前，再细辨此日相与况味；

设如我星明有福，素愿竟酬，
则来春花香时节，当复西航，
重来此地，再捡起诗针诗线，
绣我理想生命的鲜花，实现
年来梦境缠绵的销魂足迹，
散香柔韵节，增媚河上风流；
故我别意虽深，我愿望亦密，
昨宵明月照林，我已向倾吐
心胸的蕴积，今晨雨色凄清，
小鸟无欢，难道也为是怅别
情深，累藤长草茂，涕泪交零！
康桥！山中有黄金，天上有明星，
人生至宝是情爱交感，即使
山中金尽，天上星散，同情还
永远是宇宙间不尽的黄金，
不昧的明星；赖你和悦宁静
的环境，和圣洁欢乐的光阴，
我心我智，方始经爬梳洗涤，
灵苗随春草怒生，沐日月光辉，
听自然音乐，哺啜古今不朽——
强半汝亲栽育——的文艺精英；
恍登万丈高峰，猛回头惊见
真善美浩瀚的光华，覆翼在
人道蠕动的下界，朗然照出
生命的经纬脉络，血赤金黄，

尽是爱主恋神的辛勤手绩；
康桥！你岂非是我生命的泉源？
你惠我珍品，数不胜数；最难忘
骞士德顿桥下的星磷坝乐，
弹舞殷勤，我常夜半凭阑干，
倾听牧地黑野中倦牛夜嚼，
水草间鱼跃虫嗤，轻挑静寞；
难忘春阳晚照，泼翻一海纯金，
淹没了寺塔钟楼，长垣短堞，
千百家屋顶烟突，白水青田，
难忘茂林中老树纵横；巨干上
黛薄荼青，却教斜刺的朝霞，
抹上些微胭脂春意，忸怩神色；
难忘七月的黄昏，远树凝寂，
像墨泼的山形，衬出轻柔暝色，
密稠稠，七分鹅黄，三分橘绿，
那妙意只可去秋梦边缘捕捉；
难忘榆荫中深宵清啭的诗禽，
一腔情热，教玫瑰噙泪点首，
满天星环舞幽吟，款住远近
浪漫的梦魂，深深迷恋香境；
难忘村里姑娘的腮红颈白；
难忘屏绣康河的垂柳婆娑，
婀娜的克莱亚，硕美的校友居；——
但我如何能尽数，总之此地

康河

人天妙合，虽微如寸芥残垣，
亦不乏纯美精神：流贯其间，
而此精神，正如宛次宛士所谓
"通我血液，浃我心脏，"有"镇驯
矫饬之功"；我此去虽归乡土，
而临行怫怫，转若离家赴远；
康桥！我故里闻此，能弗怨汝
僭爱，然我自有谠言代汝答付；
我今去了，记好明春新杨梅
上市时节，盼望我含笑归来，
再见吧，我爱的康桥！

难忘

这日子——从天亮到昏黄，
虽则有时花般的阳光，
从郊外的麦田，
半空中的飞燕，
照亮到我劳倦的眼前，
给我刹那间的舒爽，
我还是不能忘——
不忘旧时的积累，
也不分是恼是愁是悔，
在心头，在思潮的起伏间，

像是迷雾,像是诅咒的凶险:
它们包围,它们缠绕,
它们狞露着牙,它们咬,
它们烈火般的煎熬,
它们伸拓着巨灵的掌,
把所有的忻快拦挡……

★原载于1932年2月30日《诗刊》第4期。

最后的那一天

在春风不再回来的那一年,
在枯枝不再青条的那一天,
那时间天空再没有光照,
只黑蒙蒙的妖氛弥漫着
太阳,月亮,星光死去了的空间;
在一切标准推翻的那一天,
在一切价值重估的那时间:
暴露在最后审判的威灵中
一切的虚伪与虚荣与虚空:
赤裸裸的灵魂们匍匐在主的跟前;——
我爱,那时间你我再不必张皇,
更不须声诉,辩冤,再不必隐藏,——
你我的心,像一朵雪白的并蒂莲,
在爱的青梗上秀挺,欢欣,鲜妍,——

在主的跟前,爱是唯一的荣光。

别拧我,疼

"别拧我,疼,"……
你说,微锁着眉心。

那"疼",一个精圆的半吐,
在舌尖上溜——转。
一双眼也在说话,
睛光里漾起
心泉的秘密。
梦
洒开了
轻纱的网。
"你在哪里?"
"让我们死。"你说。

领罪

这也许是个最好的时刻。
不是静。听对面园里的鸟,
从杜鹃到麻雀,已在叫晓。
我也再不能抵抗我的困,
它压着我像霜压着树根;
断片的梦已在我的眼前
飘拂,像在晓风中的树尖。
也不是有什么非常的事,
逼着我决定一个否与是。
但我非得留着我的清醒,
用手推着黑甜乡的诱引:

因为,这是我唯一的机会,
自己到自己跟前来领罪。
领罪,我说不是罪是什么?
这日子过得有什么话说!

火车擒住轨

火车擒住轨,在黑夜里奔:
过山,过水,过陈死人的坟;
过桥,听钢骨牛喘似的叫,
过荒野,过门户破烂的庙;
过池塘,群蛙在黑水里打鼓,
过噤口的村庄,不见一粒火;
过冰清的小站,上下没有客,
月台袒露着肚子,像是罪恶。
这时车的呻吟惊醒了天上
三两个星,躲在云缝里张望:
那是干什么的,他们在疑问,
大凉夜不歇着,直闹又是哼,
长虫似的一条,呼吸是火焰,
一死儿往暗里闯,不顾危险,
就凭那精窄的两道,算是轨,
驮着这份重,梦一般的累赘。
累赘!那些奇异的善良的人,

放平了心安睡,把他们不论
俊的村的命全盘交给了它,
不论爬的是高山还是低洼,
不问深林里有怪鸟在诅咒,
天象的辉煌全对着毁灭走;
只图眼前过得,咧大嘴打呼,
明儿车一到,抢了皮包走路!
这态度也不错!愁没有个底;
你我在天空,哪天也不休息,
睁大了眼,什么事都看分明,
但自己又何尝能支使运命?
说什么光明,智慧永恒的美,
彼此同是在一条线上受罪,
就差你我的寿数比他们强,
这玩意反正是一片糊涂账。

爱的灵感(奉适之)

下面这些诗行好歹是他撩拨出来的,正如这十年来大多数的诗行好歹是他撩拨出来的!

不妨事了,你先坐着吧,
这阵子可不轻,我当是
已经完了,已经整个的
脱离了这世界,缥缈的,

不知到了哪儿。仿佛有
一朵莲花似的云拥着我,
(她脸上浮着莲花似的笑)
拥着到远极了的地方去……
唉,我真不稀罕再回来,
人说解脱,那许就是吧!
我就像是一朵云,一朵
纯白的,纯白的云,一点
不见分量,阳光抱着我,
我就是光,轻灵的一球,
往远处飞,往更远的飞;
什么累赘,一切的烦愁,
恩情,痛苦,怨,全都远了,
就是你——请你给我口水,
是橙子吧,上口甜着哪——
就是你,你是我的谁呀!
就你也不知哪里去了:
就有也不过是晓光里
一发的青山,一缕游丝,
一翳微妙的晕;说至多
也不过如此,你再要多
我那朵云也不能承载,
你,你得原谅,我的冤家!……
不碍,我不累,你让我说,
我只要你睁着眼,就这样,

叫哀怜与同情，不说爱，
在你的泪水里开着花，
我陶醉着它们的幽香；
在你我这最后，怕是吧，
一次的会面，许我放娇，
容许我完全占定了你，
就这一响，让你的热情，
像阳光照着一流幽涧，
透彻我的凄冷的意识，
你手把住我的，正这样，
你看你的壮健，我的衰，
容许我感受你的温暖，
感受你在我血液里流，
鼓动我将次停歇的心，
留下一个不死的印痕：
这是我唯一，唯一的祈求……
好，我再喝一口，美极了，
多谢你。现在你听我说。
　但我说什么呢，到今天，
一切事都已到了尽头，
我只等待死，等待黑暗，
我还能见到你，偎着你，
真像情人似的说着话，
因为我够不上说那个，
你的温柔春风似的围绕，

这于我是意外的幸福,
　　我只有感谢,（她合上眼。）
什么话都是多余,因为
话只能说明能说明的,
更深的意义,更大的真,
朋友,你只能在我的眼里,
在枯干的泪伤的眼里认取。
　　我是个平常的人,
我不能盼望在人海里
值得你一转眼的注意。
你是天风:每一个浪花
一定得感到你的力量,
从它的心里激出变化,
每一根小草也一定得
　　在你的踪迹下低头,在
缘的颤动中表示惊异;
但谁能止限风的前程,
他横掠过海,作一声吼,
狮虎似的扫荡着田野,
当前是冥茫的无穷,他
如何能想起曾经呼吸
到浪的一花,草的一瓣?
遥远是你我间的距离;
　　远,太远!假如一只夜蝶
有一天得能飞出天外,

在星的烈焰里去变灰
（我常自己想）那我也许
有希望接近你的时间。
唉，痴心，女子是有痴心的，
你不能不信吧？有时候
我自己也觉得真奇怪，
　　心窝里的牢结是谁给
打上的？为什么打不开？
那一天我初次望到你，
你闪亮得如同一颗星，
我只是人丛中的一点，
一撮沙土，但一望到你，
我就感到异样的震动，
猛袭到我生命的全部，
真像是风中的一朵花，
　　我内心摇晃得像昏晕，
脸上感到一阵的火烧，
我觉得幸福，一道神异的
光亮在我的眼前扫过，
我又觉得悲哀，我想哭，
纷乱占据了我的灵府。
但我当时一点不明白，
不知这就是陷入了爱！
　"陷入了爱，"真是的！前缘，
　　孽债，不知到底是什么？

但从此我再没有平安，
是中了毒，是受了催眠，
教运命的铁链给锁住，
我再不能踌躇：我爱你！
从此起，我的一瓣瓣的
思想都染着你，在醒时，
在梦里，想躲也躲不去，

  我抬头望，蓝天里有你，
我开口唱，悠扬里有你，
我要遗忘，我向远处跑，
另走一道，又碰到了你！
枉然是理智的殷勤，因为
我不是盲目，我只是痴。
但我爱你，我不是自私。
爱你，但永不能接近你。
爱你，但从不要享受你。
即使你来到我的身边，

  我许向你望，但你不能
丝毫觉察到我的秘密。
我不妒忌，不艳羡，因为
我知道你永远是我的，
它不能脱离我正如我
不能躲避你，别人的爱
我不知道，也无须知晓，
我的是我自己的造作，

正如那林叶在无形中
收取早晚的霞光,我也
　　在无形中收取了你的。
我可以,我是准备,到死
不露一句,因为我不必。
死,我是早已望见了的。
那天爱的结打上我的
心头,我就望见死,那个
美丽的永恒的世界;死,
我甘愿的投向,因为它
是光明与自由的诞生。
从此我轻视我的躯体,
　　更不计较今世的浮荣,
我只企望着更绵延的
时间来收容我的呼吸,
灿烂的星做我的眼睛,
我的发丝,那般的晶莹,
是纷披在天外的云霞,
博大的风在我的腋下
胸前眉宇间盘旋,波涛
冲洗我的胫踝,每一个
激荡涌出光艳的神明!
　　再有电火做我的思想
天边掣起蛇龙的交舞,
雷震我的声音,蓦地里

叫醒了春,叫醒了生命。
无可思量,呵,无可比况,
这爱的灵感,爱的力量!
正如旭日的威棱扫荡
田野的迷雾,爱的来临

  也不容平凡,卑琐以及
一切的庸俗侵占心灵,
它那原来青爽的平阳。
我不说死吗?更不畏惧,
再没有疑虑,再不吝惜
这躯体如同一个财库;
我勇猛的用我的时光。
用我的时光,我说?天哪,
这多少年是亏我过的!
没有朋友,离背了家乡,
我投到那寂寞的荒城,

  在老农中间学做老农,
穿着大布,脚蹬着草鞋,
栽青的桑,栽白的木棉,
在天不曾放亮时起身,
手搅着泥,头戴着炎阳,
我做工,满身浸透了汗,
一颗热心抵挡着劳倦;
但渐次的我感到趣味,
收拾一把草如同珍宝,

在泥水里照见我的脸,
涂着泥,在坦白的云影
前不露一些羞愧!自然
　　是我的享受;我爱秋林,
我爱晚风的吹动,我爱
枯苇在晚凉中的颤动,
半残的红叶飘摇到地,
鸦影侵入斜日的光圈;
更可爱是远寺的钟声
交挽村舍的炊烟共做
静穆的黄昏!我做完工,
我慢步的归去,冥茫中
　　有飞虫在交哄,在天上
有星,我心中亦有光明!
到晚上我点上一支蜡,
在红焰的摇曳中照出
板壁上唯一的画像,
独立在旷野里的耶稣,
(因为我没有你的除了
悬在我心里的那一幅),
到夜深静定时我下跪,
望着画像做我的祈祷,
　　有时我也唱,低声的唱,
发放我的热烈的情愫
缕缕青烟似的上通到天。

但有谁听到，有谁哀怜？
你踞坐在荣名的顶巅，
有千万人迎着你鼓掌，
我，陪伴我有冷，有黑夜，
我流着泪，独跪在床前！

　　一年，又一年，再过一年，
新月望到圆，圆望到残，
寒雁排成了字，又分散，
鲜艳长上我手栽的树，
又叫一阵风给刮做灰。
我认识了季候，星月与
黑夜的神秘，太阳的威，
我认识了地土，它能把
一颗子培成美的神奇，
　　我也认识一切的生存，
爬虫，飞鸟，河边的小草，
再有乡人们的生趣，我
也认识，他们的单纯与
真，我都认识。
跟着认识
　　是愉快，是爱，再不畏虑
孤寂的侵凌。那三年间
虽则我的肌肤变成粗，
焦黑熏上脸，剥坼刻上
手脚，我心头只有感谢：

因为照亮我的途径有

爱,那盏神灵的灯,再有

穷苦给我精力,推着我

向前,使我怡然的承当

更大的穷苦,更多的险。

  你奇怪吧,我有那能耐?

不可思量是爱的灵感!

我听说古时间有一个

孝女,她为救她的父亲

胆敢上犯君王的天威,

那是纯爱的驱使我信。

我又听说法国中古时

有一个乡女子叫贞德,

她有一天忽然脱去了

她的村服,丢了她的羊,

  穿上戎装拿着刀,带领

十万兵,高叫一声"杀贼",

就冲破了敌人的重围,

救全了国,那也一定是

爱!因为只有爱能给人

不可理解的英勇和胆,

只有爱能使人睁开眼,

认识真,认识价值,只有

爱能使人全神的奋发,

  向前闯,为了一个目标,

忘了火是能烧，水能淹。
正如没有光热这地上
就没有生命，要不是爱，
那精神的光热的根源，
一切光明的惊人的事
也就不能有。
啊，我懂得！
　　我说"我懂得"我不惭愧：
因为天知道我这几年，
独自一个柔弱的女子，
投身到灾荒的地域去，
走千百里巉岈的路程，
自身挨着饿冻的惨酷
以及一切不可名状的
苦处说来够写几部书，
是为了什么？为了什么
　　我把每一个老年灾民
不问他是老人是老妇，
当做生身父母一样看，
每一个儿女当做自身
骨血，即使不能给他们
救度，至少也要吹几口
同情的热气到他们的
脸上，叫他们从我的手
感到一个完全在爱的

纯净中生活着的同类?
为了什么甘愿哺啜
　　在平时乞丐都不屑的
饮食,吞咽腐朽与肮脏
如同可口的膏粱;甘愿
在尸体的恶臭能醉倒
人的村落里工作如同
发见了什么珍异?为了
什么?就为"我懂得",朋友,
你信不?我不说,也不能
说,因为我心里有一个
不可能的爱所以发放
满怀的热到另一方向,
也许我即使不知爱也
　　能同样做,谁知道,但我
总得感谢你,因为从你
我获得生命的意识和
在我内心光亮的点上,
又从意识的沉潜引渡
到一种灵界的莹澈,又
从此产生智慧的微芒
致无穷尽的精神的勇。
啊,假如你能想象我在
灾地时一个夜的看守!
一样的天,一样的星空,

我独自有旷野里或在，
桥梁边或在剩有几簇

　　残花的藤蔓的村篱边
仰望，那时天际每一个
光亮都为我生着意义，
我饮咽它们的美如同
音乐，奇妙的韵味通流
到内脏与百骸，坦然的
我承受这天赐不觉得
虚怯与羞惭，因我知道
不为己的劳作虽不免
疲乏体肤，但它能拂拭
我们的灵窍如同琉璃，

　　利便天光无碍的通行。
我话说远了不是？但我
已然诉说到我最后的
回目，你纵使疲倦也得
听到底，因为别的机会
再不会来，你看我的脸
烧红得如同石榴的花；
这是生命最后的光焰，
多谢你不时的把甜水
浸润我的咽喉，要不然
我一定早叫喘息窒死。

　　你的"懂得"是我的快乐。

我的时刻是可数的了,
我不能不赶快!
我方才
说过我怎样学农,怎样
到灾荒的魔窟中去伸
一只柔弱的奋斗的手,
我也说过我灵的安乐
对满天星斗不生内疚。
但我终究是人是软弱,
不久我的身体得了病,
风雨的毒浸入了纤微,
　　酿成了猖狂的热。我哥
将我从昏盲中带回家,
我奇怪那一次还不死,
也许因为还有一种罪
我必得在人间受。他们
叫我嫁人,我不能推托。
我或许要反抗假如我
对你的爱是次一等的,
但因我的既不是时空
所能衡量,我即不计较
分秒间的短长,我做了
新娘,我还做了娘,虽则
天不许我的骨血存留。
这几年来我是个木偶,

一堆任凭摆布的泥土；

　虽则有时也想到你，但
这想到是正如我想到
西天的明霞或一朵花，
不更少也不更多。同时
病，一再的回复，销蚀了
我的躯壳，我早准备死，
怀抱一个美丽的秘密，
将永恒的光明交付给
无涯的幽冥。我如果有
一个母亲我也许不忍

　不让她知道，但她早已
死去，我更没有沾恋；我
每次想到这一点便忍
不住微笑漾上了口角。
我想我死去再将我的
秘密化成仁慈的风雨，
化成指点希望的长虹，
化成石上的苔藓，葱翠
淹没它们的冥顽；化成

　黑暗中翅膀的舞，化成
农时的鸟歌；化成水面
锦绣的文章；化成波涛，
永远宣扬宇宙的灵通；
化成月的惨绿在每个

睡孩的梦上添深颜色；
化成系星间的妙乐……
最后的转变是未料的；
天叫我不遂理想的心愿

　　又叫在热谵中漏泄了
我的怀内的珠光！但我
再也不梦想你竟能来，
血肉的你与血肉的我
竟能在我临去的俄顷
陶然的相偎倚，我说，你
听，你听，我说。真是奇怪。
这人生的聚散！

　　现在我
真，真可以死了，我要你
这样抱着我直到我去，
直到我的眼再不睁开，
直到我飞，飞，飞去太空，
散成沙，散成光，散成风，
啊苦痛，但苦痛是短的，
是暂时的；快乐是长的，
爱是不死的：
我，我要睡……

★《爱的灵感》发表于1931年的《诗刊》创刊号上，这一年正是徐志摩生命的最后一年，这些诗句很让人惊怵，那仿佛竟是这位诗人对世间的诀别之辞。然而相对于"生"，徐志摩更欣赏死的滋味。他认为，在人生的迷阵中，最难得的是遗忘，人只有在短暂遗忘时才有机会恢复呼吸的自由与心神的愉快。

云游

那天你翩翩的在空际云游，
自在，轻盈，你本不想停留
在天的那方或地的那角，
你的愉快是无拦阻的逍遥。
你更不经意在卑微的地面
有一流涧水，虽则你的明艳
在过路时点染了他的空灵，
使他惊醒，将你的倩影抱紧。
他抱紧的是绵密的忧愁，
因为美不能在风光中静止；
他要，你已飞渡万重的山头，
去更阔大的湖海投射影子！
他在为你消瘦，那一流涧水，
在无能的盼望，盼望你飞回！

你去

你去，我也走，我们在此分手；

你上那一条大路，你放心走，
你看那街灯一直亮到天边，
你只消跟从这光明的直线！
你先走，我站在此地望着你，
放轻些脚步，别教灰土扬起，
我要认清你的远去的身影，
直到距离使我认你不分明，
再不然我就叫响你的名字，
不断的提醒你有我在这里
为消解荒街与深晚的荒凉，
目送你归去……
不，我自有主张，
你不必为我忧虑；你走大路，
我进这条小巷，你看那棵树，
高抵着天，我走到那边转弯，
再过去是一片荒野的凌乱：
有深潭，有浅洼，半亮着止水，
在夜芒中像是纷披的眼泪；
有石块，有钩刺胫踝的蔓草，
在期待过路人疏神时绊倒！
但你不必焦心，我有的是胆，
凶险的途程不能使我心寒。
等你走远了，我就大步向前，

这荒野有的是夜露的清鲜；

也不愁愁云深裹，但须风动，

云海里便波涌星斗的流汞；

更何况永远照彻我的心底，

有那颗不夜的明珠，我爱你！

书目

001. 唐诗
002. 宋词
003. 元曲
004. 三字经
005. 百家姓
006. 千字文
007. 弟子规
008. 增广贤文
009. 千家诗
010. 菜根谭
011. 孙子兵法
012. 三十六计
013. 老子
014. 庄子
015. 孟子
016. 论语
017. 五经
018. 四书
019. 诗经
020. 诸子百家哲理寓言
021. 山海经
022. 战国策
023. 三国志
024. 史记
025. 资治通鉴
026. 快读二十四史
027. 文心雕龙
028. 说文解字
029. 古文观止
030. 梦溪笔谈
031. 天工开物
032. 四库全书
033. 孝经
034. 素书
035. 冰鉴
036. 人类未解之谜（世界卷）
037. 人类未解之谜（中国卷）
038. 人类神秘现象（世界卷）
039. 人类神秘现象（中国卷）
040. 世界上下五千年
041. 中华上下五千年·夏商周
042. 中华上下五千年·春秋战国
043. 中华上下五千年·秦汉
044. 中华上下五千年·三国两晋
045. 中华上下五千年·隋唐
046. 中华上下五千年·宋元
047. 中华上下五千年·明清
048. 楚辞经典
049. 汉赋经典
050. 唐宋八大家散文
051. 世说新语
052. 徐霞客游记
053. 牡丹亭
054. 西厢记
055. 聊斋
056. 最美的散文（世界卷）
057. 最美的散文（中国卷）
058. 朱自清散文
059. 最美的词
060. 最美的诗
061. 柳永·李清照词
062. 苏东坡·辛弃疾词
063. 人间词话
064. 李白·杜甫诗
065. 红楼梦诗词
066. 徐志摩的诗

067. 朝花夕拾
068. 呐喊
069. 彷徨
070. 野草集
071. 园丁集
072. 飞鸟集
073. 新月集
074. 罗马神话
075. 希腊神话
076. 失落的文明
077. 罗马文明
078. 希腊文明
079. 古埃及文明
080. 玛雅文明
081. 印度文明
082. 拜占庭文明
083. 巴比伦文明
084. 瓦尔登湖
085. 蒙田美文
086. 培根论说文集
087. 沉思录
088. 宽容
089. 人类的故事
090. 姓氏
091. 汉字
092. 茶道
093. 成语故事
094. 中华句典
095. 奇趣楹联
096. 中华书法
097. 中国建筑
098. 中国绘画
099. 中国文明考古

100. 中国国家地理
101. 中国文化与自然遗产
102. 世界文化与自然遗产
103. 西洋建筑
104. 西洋绘画
105. 世界文化常识
106. 中国文化常识
107. 中国历史年表
108. 老子的智慧
109. 三十六计的智慧
110. 孙子兵法的智慧
111. 优雅——格调
112. 致加西亚的信
113. 假如给我三天光明
114. 智慧书
115. 少年中国说
116. 长生殿
117. 格言联璧
118. 笠翁对韵
119. 列子
120. 墨子
121. 荀子
122. 包公案
123. 韩非子
124. 鬼谷子
125. 淮南子
126. 孔子家语
127. 老残游记
128. 彭公案
129. 笑林广记
130. 朱子家训
131. 诸葛亮兵法
132. 幼学琼林

133. 太平广记
134. 声律启蒙
135. 小窗幽记
136. 孽海花
137. 警世通言
138. 醒世恒言
139. 喻世明言
140. 初刻拍案惊奇
141. 二刻拍案惊奇
142. 容斋随笔
143. 桃花扇
144. 忠经
145. 围炉夜话
146. 贞观政要
147. 龙文鞭影
148. 颜氏家训
149. 六韬
150. 三略
151. 励志枕边书
152. 心态决定命运
153. 一分钟口才训练
154. 低调做人的艺术
155. 锻造你的核心竞争力：保证完成任务
156. 礼仪资本
157. 每天进步一点点
158. 让你与众不同的8种职场素质
159. 思路决定出路
160. 优雅——妆容
161. 细节决定成败
162. 跟卡耐基学当众讲话
163. 跟卡耐基学人际交往
164. 跟卡耐基学商务礼仪

165. 情商决定命运
166. 受益一生的职场寓言
167. 我能：最大化自己的8种方法
168. 性格决定命运
169. 一分钟习惯培养
170. 影响一生的财商
171. 在逆境中成功的14种思路
172. 责任胜于能力
173. 最伟大的励志经典
174. 卡耐基人性的优点
175. 卡耐基人性的弱点
176. 财富的密码
177. 青年女性要懂的人生道理
178. 倍受欢迎的说话方式
179. 开发大脑的经典思维游戏
180. 千万别和孩子这样说——好父母绝不对孩子说的40句话
181. 和孩子这样说话很有效——好父母常对孩子说的36句话
182. 心灵甘泉